우리는 모두 장거리 비행 중이야!

우리는 모두 장거리 비행 중이야!

조은정 지음

(주)자음과모음

차례

1장

이룩할 수 있을까?

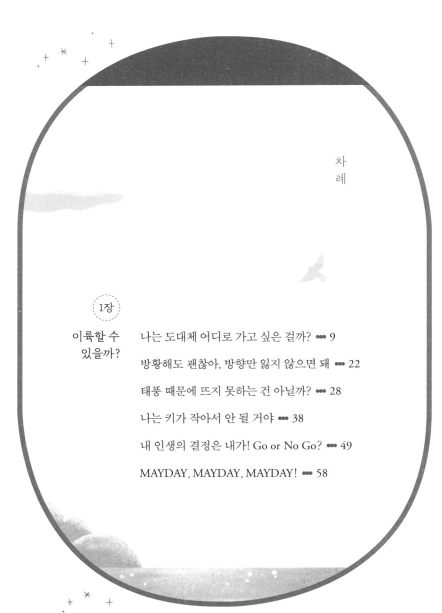

1장

이룩할 수 있을까?

나는 도대체
어디로 가고 싶은 걸까?

내가 십 대 때부터 파일럿을 꿈꾼 건 아니야. 서른 살쯤 되었을 때 처음으로 파일럿이라는 직업에 관심을 갖기 시작했거든. 십 대 시절 내 꿈은 시시각각 변했어. 심지어 내 별명이 변덕쟁이에 팔랑귀였으니, 얼마나 변덕이 심했는지 알겠지?

나는 경기도 이천에 있는 초등학교에 다녔어. 우리 학교는 한 학년에 두 반밖에 없고, 전교생이 400명도 안 되는 작은 학교였어. 학생 수가 워낙 적어서 대부분의 학생이 이런저런 대회에 다 나가야 했어. 학생이 모두 선수인 셈이었지. 나는 미술 대회에 곧잘 나갔는데, 나갈 때마다

상을 받곤 했어. 그래서 크면 미술 선생님이 되고 싶다고 생각했지. 중학생이 됐을 땐 시내에 있는 규모가 큰 학교에 다니게 됐어. 중학교에는 나보다 미술을 잘하는 친구가 정말 많았어. 학교 대표로 미술 대회에 나갈 기회가 생기지 않았지. 나는 기죽고 말았어. 미술 선생님이 되고 싶다는 생각을 더 이상 하지 않게 됐어.

이제 내가 뭘 하고 싶은지 모르겠는 거야. 나는 내가 어른이 되려면 아직 멀었다고 생각했어. 그런데 선생님이나 주위 어른들은 툭하면 "너는 앞으로 뭐가 되고 싶니?"라고 물었어. 그냥 할 말이 없어서 던지는 질문 같기도 했어. 저번에 나한테 물어봤던 걸 기억이나 하고 묻는 건지, 참.

나도 모르는 내 꿈을 질문받고 대답을 못 할 때마다 무언가 잘못한 사람처럼 주눅이 들었어. 가족 중에 언니나 오빠가 있는 친구들은 일찍부터 진로를 고민했어. 언니, 오빠의 진로 고민을 옆에서 미리 봐서 그런 것 같아. 하지만 나는 아직 고민할 시간이 많다고 생각했어. 그래서 진로에 대해 별로 심각하게 고민하지 않았지. 꿈을 꾸라고 재촉하는 어른들이 미웠고, 귀담아듣고 싶지 않았어.

내가 다니던 여자 중학교는 여자 고등학교와 붙어 있었어. 이천에서는 유일한 여자 고등학교였지. 그래서 중학교를 졸업하면 그 고등학교에 들어가는 게 당연한 줄 알았어. 그런데 내 친구는 나와 생각이 달랐어. 그 친구는 서울에 있는 외국어 고등학교를 가겠다고 했어. 나는 외국어 고등학교가 뭔지도 몰랐어. 친구의 어머니는 다른 학교의 영어 선생님이었어. 그래서 그런지 이천 시골의 부모님들과는 생각이 조금 달랐던 것 같아. 교육에 대한 열의도 남다르고, 다른 학교에 관한 정보도 다양하게 알고 계셨지.

내가 초등학교 6학년 때 어머니가 돌아가셨어. 어머니는 내가 4학년 때부터 몸이 안 좋아서 서울에 있는 병원에 계셨어. 2년간 떨어져 지내다가 결국 돌아가셨지. 아버지는 일제 강점기에 태어나 6·25 전쟁을 겪었고, 초등학교에 가 본 적도 없으셔. 한글도 몰랐는데, 어머니가 아버지와 결혼하고 나서 가르쳐 주셨대. 그러니까 우리 아버지가 교육에 대해서 얼마나 아시겠어?

나는 비교적 늦둥이로 태어났어. 아버지와 나이 차이

도 많이 나. 그래서인지 아버지와는 영 대화가 통하지 않았어. 아버지는 가난하게 자라서 굉장한 구두쇠였어. 용돈을 타 내는 게 쉽지 않았지. 한글을 뒤늦게 배운 아버지는 외래어에 특히 약했어. 나는 그걸 이용해서 용돈을 받아 내곤 했어.

"아버지, 저 학교에서 테니스 라켓 가져오래요. 돈 좀 주세요."

"테…… 그게 뭔데?"

"그런 게 있어요. 학교에서 수업할 때 필요한 거예요."

"얼만데?"

"삼만 원이요."

내가 외래어로 된 물건을 수업에 필요하니 사야 된다고 하면 아버지는 그게 뭔지 모르니까 그냥 돈을 내어 주셨어. 테니스 라켓을 사는데 2만 원이 필요하면 만 원을 가로채는 식으로 용돈을 받아 썼어. 그렇게라도 하지 않으면 아버지는 한 푼도 주지 않았거든.

"여자는 평범하게 고등학교 졸업하고, 적당한 곳에 취직해서 일하다가, 돈 많은 남자 만나서 시집가면 최고다."

라고 말하는 아버지였어. 그러다 보니 아버지와는 거의 대화를 하지 않았지. 나는 어떤 것도 아버지와 상의하지 않았고, 하고 싶지도 않았어. 늘 나 혼자 생각하고 결정했어. 내가 무슨 말을 하든 아버지는 이해하지 못했고, 이해하려고 노력하지도 않았거든. 말을 꺼내 봤자 반대할 게 뻔했지.

나는 선생님인 어머니를 둔 내 친구가 너무 부러웠어. 진로 고민을 함께해 주는 부모님이 있다는 게 너무 부러웠어. 하지만 시간이 지나고 생각해 보니 자린고비에 대화가 안 된다고 생각했던 아버지 덕분에 자립심과 독립심이 강한 지금의 내가 된 것 같아.

고등학생이 됐지만 1학년이 다 끝나 가도록 나는 내가 뭘 하고 싶은지 몰랐어. 그때가 바로 1988년 서울 올림픽 대회가 있던 해였어. 학교에서는 단체로 올림픽 경기를 보러 갔었지. 나도 경기장에 간 적이 있는데, 10월 초 폐막식을 하루 앞둔 육상 경기장이었어. 그날 경기장에서 어떤 미국인 아저씨를 만나게 됐어. 나는 그때까지만 해도 영어 성적이 그만그만했어. 교과서에 나오는 정도만 알았고, 영어 회화는 전혀 못 했어. 외국인을 보면 말을 걸어 보고 싶었지만 너무 두려웠어. 그런데 그날은 어디서 용기가 났는지 미국인 아저씨한테 말을 걸었어.

"Hello, my name is Eun Jeong Cho. What's your name?

"My name is Jim."

"Nice to meet you."

"Nice to meet you, too."

"Where are you from?"

"미국에서 왔어요."

"어? 한국말 할 줄 아세요?"

"아주 초금요."

한동안 말을 이어 가지 못하고 침묵이 흘렀어. 나는 저쪽에 앉아 있는 우리 반 1등을 데려왔어.

"나 대신 말 좀 물어봐 줘."

그렇게 친구의 도움을 받아서 좀 더 이야기할 수 있었어. 아저씨는 한국어를 배우고 있고, 당분간 미국 회사의 주재원으로 서울에 머무를 거라고 했어. 그날부터 아저씨와 나는 펜팔을 하기 시작했어. 그때는 인터넷이 없었기 때문에 편지나 전화가 유일한 소통 수단이었거든. 아저씨는 영어로, 나는 한국어로 편지를 쓰기로 했어. 나는 편지에 한국의 고등학교와 수업에 대해 썼고, 아저씨는 답변으로 미국에 관한 이야기를 써 줬어. 교과서처럼 해설과 정답이 있는 게 아니어서 사전을 많이 찾아봐야 했어. 그렇게 독해를 하다 보니 조금씩 영어 실력이 늘었어. 성적이 좋아지자 자연스럽게 영어가 좋아졌어. 그러면서 미국에 대한 동경도 싹텄지.

나는 미국으로 유학을 가고 싶어졌어. 영어를 모국어로 사용하는 미국에 유학 가서, 사람들이 좋다고 하는 유명한 대학교도 가고 싶었어. 그리고 졸업하면 펜팔 아저씨처럼 다른 나라에 주재원으로 갈 수 있는 일을 하고 싶었어. 그 일이 정확하게 무엇인지 모르겠지만, 국제적인 환경에서 일을 하고 싶었어. 국제기구에서 전 세계를 무대로 일하게 되면 즐거울 것 같았어. 그런데 그러려면 돈이 많이 들잖아. 우리 아버지는 "여자가 공부 많이 하면 시집 못 간다."라고 하는 분인데, 돈까지 많이 드는 미국 유학이라니. 구두쇠인 우리 아버지한테는 어림도 없는 소리였지. 나는 결국 포기할 수밖에 없었어. 그래서 가끔 '그때 내가 미국에 조기 유학을 갔다면……' 하는 아쉬운 마음이 들어. 하지만 파일럿이 된 지금 나는 너무 행복해. 미국에 가는 것을 포기했을 뿐이지 내 꿈은 포기하지 않았거든.

어느새 고등학교 2학년이 되었네. 펜팔 아저씨는 한국 임기를 마치고 미국으로 돌아갔어. 나는 여전히 무엇을 하고 싶은지 몰랐어. 드라마를 보다가 멋진 직업이 나오면 그때마다 그 직업이 내 꿈으로 바뀌기도 했어. 의상 디자이너, 미술관 큐레이터, 심지어 연예인이 되고 싶다는 생각도 잠시 했어. 미술을 좋아했으니 의상 디자이너나 미술관 큐레이터는 어느 정도 연관성이 있는 것 같은데, 연예인은 정말 생뚱맞지? 그때 우리 학교에는 삼촌이 방송국 피디라며 드라마에 출연한다고 학교를 자주 빠지던 친구가 있었어. 나는 내가 그 친구보다 더 예쁘다고 생각했어. 그래서 그 친구가 연예인을 한다면 나도 할 수 있을 것 같았지. 그래서 잠시 바람이 들어서 연기 학원도 알아보고 그랬어. 그런데 우리 집에서는 그런 학원을 보내 줄 리가 없잖아. 결국 학원만 알아보다가 끝났지, 뭐. 지금 생각하면 끼가 없는 내가 연예인이 안 된 게 다행이라고 생각해. 그리고 그때 그런 시도를 해 봤다는 게 기특하기도 해.

그때쯤 십 대들에게 유행하던 것이 있었어. 그게 뭐냐면 문구, 팬시, 캐릭터 같은 거였어. 그전만 해도 문구를 만드는 회사가 기능을 중심으로 물건을 만들었지, 디자인이나 캐릭터 같은 것에는 신경을 별로 쓰지 않았거든. 그런데 새로운 문구 회사가 유행처럼 마구 생겨난 거야. 나에게는 모든 게 완전 쇼킹한 아이디어였어. '문구가 이렇게 예쁘고 다양할 수 있다니, 이거다!'라고 생각했어. 산업디자인학과에 진학해서 문구 디자인을 하고 싶어졌어. 그래서 미술 대학에 가는 게 목표가 됐어. 하지만 입시 미술 학원에 다니던 친구들은 나에게 입시 미술을 시작하기엔 늦었다고 말했어. 그게 내가 고등학교 2학년 2학기 때 일이야. 그 순간 이런 생각이 들었어. '내가 좀 더 일찍 진로를 진지하게 고민했다면, 이 고등학교에 오지 않고 예술 고등학교에 가지 않았을까? 이 고등학교에 왔어도 입시 미술을 좀 더 일찍 준비하지 않았을까? 시간을 다시 되돌릴 수 있다면 그러고 싶다'라고 말이야. 대학 입시까지 시간이 많이 남았다고 생각했는데, 그때만큼 촉박하다고 느낀 때가 또 있었나 싶을 정도로 조바심이 났어.

친구들에 비해 늦게 시작했지만 나는 두 배로 열심히 입시 미술을 준비했어. 미술 학원 선생님은 힘들 거라고 했지만, 오히려 그 말을 들으니 오기가 생겼어. 절실한 만큼 에너지가 두 배로 쏟아져 나와서 결국 미술 대학의 산업디자인학과에 입학했어. 내 꿈을 향한 시작점이라고 생각했지. 그런데 막상 입학을 하고 보니 내 예상과 너무 달랐어. 마음 가는 대로 그리는 것이 아니라 기능과 모양을 염두에 두고 창조해야 하는데, 나는 그게 잘 안 됐어. 다른 친구들의 번뜩이는 아이디어에 감탄하는 내 모습을 보니 '과연 이게 나의 길인가? 이 길이 유일한 길인가? 나는 도대체 어디로 가고 싶은 걸까?' 하는 의문이 들었어.

그리고 여전히 '영어를 사용하는 국제적인 환경에서 일하는 것'에 미련이 있어서 밖으로 겉돌았어.

되돌아보면 말이야. 내 꿈이 무엇인지, 뭘 하고 싶은지는 몰랐지만 내 마음이 끌리는 것은 있었어. 하지만 그때는 그게 무엇인지 잘 몰랐어. 이천 시골의 십 대 소녀에게는 '국제적인 환경'이 무엇인지 막연했으니까. 들어본 거라곤 국제기구밖에 없었으니까 미국에 있는 유엔밖에 생각을 못 했어. 그게 아니면 펜팔 아저씨처럼 미국 회사에 취직하는 것 정도밖에 생각을 못 했지. 무조건 미국에 가지 않으면 안 되는 줄 알았어. 그 방법 말고는 없다고 결론짓고, 모든 가능성에 문을 닫아 버렸지. 그때 만약 좀 더 넓은 시야로 더 많은 정보를 갖고 세상을 바라봤다면 어땠을까? 그래서 그때 파일럿이라는 직업을 발견했다면 어땠을까? 아는 만큼 보인다고 하잖아. 나는 많은 것에 별로 관심이 없었던 것 같아. 그래서 정보가 적고 시야가 좁았어. 좀 더 폭넓은 호기심을 가졌다면 아마도 파일럿이 되고 싶다는 꿈은 더 빨리 시작됐을지도 몰라.

만약 십 대의 나에게 돌아가 얘기할 수 있다면, 편견 없이 주변을 둘러보라고 말하고 싶어. 국제적인 환경에서 일할 수 있는 곳이 국제기구 말고 또 뭐가 있을까? 정보를 많이 찾아보고, 다른 사람의 이야기를 귀여겨들으면 좋겠어. 내 주변에는 어떤 것이 있을까? 숨은 보석들을 캐 보았으면 좋겠어. 가만히 있어도 누군가 정보와 기회를 가져다줄 거라고 생각하지 말고, 스스로 호기심을 갖고 찾아봤으면 좋겠어.

십 대 때 품은 꿈을 직업으로 삼은 사람이 얼마나 되겠어? 꿈을 확실히 정해 놓고 준비하는 사람이 몇이나 되겠어? 꿈이 있어도 그게 진짜 내가 평생 하고 싶은 건지, 아니면 유행에 잠시 이끌린 건지 어떻게 알겠어? 그때는 모르는 게 당연하다고 생각해. 모르니까 더더욱 마음을 열고, 선입견 없이 여러 분야에 관심을 가져 봤으면 좋겠어. 앞으로는 4차 산업혁명의 시대라고 하잖아? 기발하고 새로운 것이 얼마나 많이 나오겠어? 그 모든 것에 가능성을 열어 두고, 되도록 다양한 것을 시도하고 경험해 봤으면 좋겠어. 그러면 어디로 가고 싶은지 조금씩 방향이 보일 거야. 시도해 보기 전에는 진짜 좋아하는지 아닌지 알 수 없으니까. 경험해 보기 전에는 내가 할 수 있는지 없는지 알 수 없으니까 말이야. 그 꿈이 현실적으로 이룰 수 있는 꿈인지 아닌지는 지금 당장 판단할 필요가 없다고 생각해. 꿈을 이루는 시점은 지금 당장이 아니라 미래니까. 미래는 얼마든지 바꿀 수 있어.

방황해도 괜찮아,
방향만 잃지 않으면 돼

대학을 다니며 나는 전공과 상관없는 곳을 여기저기 기웃거렸어. 동기들처럼 '졸업하고 어느 기업에 취업할까?'를 고민하기보다 해외 유학이나 외국어를 필요로 하는 환경에 더 관심이 갔어. 나는 여전히 내가 하고 싶은 것이 무엇인지 알지 못했지만, 친구들과 나의 관심사가 완전히 다르다는 것만큼은 확실히 알았어. 기껏 어렵게 들어온 대학이니 관련된 분야의 좋은 기업에 취업하는 것이 맞다고 스스로를 세뇌해 봤지만 그럴수록 마음이 복잡해졌어. 가슴과 머리가 싸우며 혼란이 왔어.

그러던 중 나에게 특별한 기회가 왔어. 대학교 3학년

때였는데, 고등학교 때 펜팔을 했던 미국인 아저씨한테서 기쁜 소식이 들려온 거야. 아저씨는 미국에서 대학교수로 재직 중이었는데, 겨울 방학 동안 그 대학의 어학연수 프로그램에 참가해 보지 않겠냐고 했어. 나는 너무 기뻐서 당장 가겠다고 대답했지만, 어학연수를 갈 돈이 없었어. 그래서 여름 방학 동안 오빠 가게에서 아르바이트를 하기로 했어. 아르바이트만으로는 어학연수 비용을 충당할 수 없었지만, 당시에 사업으로 돈을 잘 벌던 오빠가 선뜻 학비를 내주겠다고 했어. 나는 날아갈 듯이 기뻤어. 세상을 다 가진 것만 같았지. 이렇게 나를 기쁘게 하는 일이 있다는 게 놀라워서 심장이 마구 뛰었어.

겨우 두 달간의 어학연수였지만, 당시의 나에게는 문화 충격이었던 게 많았어. 우리나라에서는 흡연이 멋있는 것으로 잘못 인식되어서 대학생들 사이에서 흡연이 유행했는데, 미국에서는 흡연이 아주 나쁜 것으로 이미지가 박혀 있었어. 그리고 다양한 인종의 사람이 유행과 상관 없는 각양각색의 차림으로 함께 어울려 놀았어. 각자 주변의 시선을 의식하지 않고 꿈을 향해 노력하는 것이 무척 인상적이었어. 짧지만 좋았던 어학연수를 마치고 한국에 돌아왔을 때, 나는 여전히 내 꿈이 무엇인지 모르지만 최소한 디자인 일은 아니라는 걸 느꼈어. 인정하고 싶지 않았지만 말이야. 그러다 보니 대학교 4학년 때부터 친구들과 다른 고민을 하면서 미래를 꿈꾸는 방향이 다르다는 것을 알게 되었지.

대학을 졸업하고 나는 전공과는 전혀 상관없는 일로 내 커리어를 시작했어. 첫 직장으로 일본 회사에 다니게 됐지. 그런데 성에 차지 않았어. 일본인들과 일을 한다는 점에서 국제적인 환경이라고 생각했지만, 여전히 영어를 사용하는 환경에서 일하고 싶다는 욕구가 있었어. 그래서 다음 직장은 호텔이었어. 점점 더 대학 전공과는 먼 샛길로 빠지게 되었지.

호텔은 많은 외국인 손님과 소통해야 하니 국제적인 환경이라고 생각했어. 그러나 막상 일을 해 보니 내 기대와 달랐어. 나는 호텔 프런트 데스크에서 매일 똑같은 말을 반복하며 투숙객을 상대했어. 몇몇 직원은 해외 본사에서 서울로 파견 근무를 오기도 했어. 서울뿐만 아니라 다른 나라에 있는 호텔로 옮겨 다녔지. 승진도 국내에서 입사한 직원들과 많이 달랐어. 국내에서 입사한 직원은 시간이 지나야 승진하고 급여가 올라갔어. 그런데 해외 본사에서 입사한 직원들은 우리와 똑같이 일하는데 어린 나이에도 금방 승진하고 직급도 높았어. 나보다 별로 잘난 게 없어 보였는데 말이지. 그래서 나도 해외 본사로 다시 입사하고 싶었어. 하지만 본사에 채용되려면 외국 대학교의 호텔 매니지먼트 학위가 필요했어. 그래서 한동안 이름 있는 외국 대학교를 알아보기도 했지.

그러던 어느 날, 내 미래를 바꿔 놓은 한 미국인 여자 기장을 만나게 됐어. 그분을 보고 '저거다! 나도 저분처럼 파일럿이 되고 싶다!'라는 생각을 처음 했어. 하지만 그것도 쉽지는 않았지. 그때 내 나이가 만 29세였어. 한국에서 그 나이에 여자가 파일럿이 되겠다고 결심하다니. 미국으로 유학을 가야 한다고 생각했지만, 돈도 없는 내가 파일럿이 되기 위해 바로 유학을 갈 수 있었겠어? 결국 그다음 직장은 미국 대사관으로 이어졌어.

파일럿이 되기 위한 과정에 바로 첫발을 내디딜 수는 없었어. 하지만 나는 꿈을 포기하지 않았어. 먼 길을 돌아가야 해서 시간이 걸렸지만, 몇 년 뒤에 대사관을 그만두고 미국으로 갈 수 있었어. 그리고 그토록 기다렸던 파일럿이 되는 과정에 오롯이 집중할 수 있었어. 비행 경력을 쌓기 위해 한 해의 반이 겨울인 데다 한낮에 영하 14도를 웃돌고, 최고 영하 40도까지 내려가는 춥고 낙후된 중국 내몽고 사막에서 1년 6개월 동안 교관 일을 해야 했어. 하지만 꿈을 향해 가는 과정이었기 때문에 고생스럽게 느껴지지 않았어. 내 꿈에 한 발 더 다가가는 중이라고 생각했으니까.

마침내 꿈에 그리던 파일럿이 되었을 때, 나는 오랫동안 찾아 헤맸던 나의 꿈이 바로 이것이라는 걸 확실하게 느낄 수 있었어. 내가 바라던, 국제적인 환경에서 여러 나라를 오가면서 하는 바로 그 일 말이야.

머리가 하는 말과 가슴이 하는 말이 충돌할 때 어느 쪽에 귀를 기울여야 할까? 정답은 없지만 나는 가슴이 하는 말을 듣는 것이 결국 내가 행복해지는 방향이 아닐까 생각해. 가슴이 하는 말을 들으면 핑계 댈 게 없거든. 부모님이 도와주지 않아서, 집안 형편이 어려워서 못 한다고 포기하지 않거든. 시간이 좀 더 걸리더라도, 돌아가야 하더라도 내가 선택한 길이니까 말이야. 그러니까 가슴이 하는 말을 잘 들어 봤으면 좋겠어. 꿈을 향한 길을 찾으며 '이 길이 과연 내 길인가? 내가 바라던 것인가?' 하고 방황하게 될 거야. 근데 뭐 어때? 세상에는 엄청나게 많고 다양한 길이 있는데, 그 안에서 내가 만족할 만한 꿈을 찾는 게 쉬울 리가 없잖아? 가슴을 뛰게 하는 꿈을 찾는 길이 아무리 미로 같아도, 방향을 잃지 않는다면 언젠가 닿게 된다는 걸 기억하면 좋겠어. 지금 당장은 목적지가 어디인지 모르더라도 말이지.

태풍 때문에
뜨지 못하는 건 아닐까?

며칠째 폭우가 쏟아지고 있어. 오늘은 유난히 번개도 많이 치네. 이런 날은 이착륙하느라 고생하는 파일럿들이 떠올라. 내가 비행하는 날도 아닌데 말이야. 직업병 같은 거지. 일기예보를 보다가도 며칠 뒤에 태풍이 올 거라고 하면 수시로 일기예보를 확인하게 돼. 혹시 내가 비행할 때 영향이 있을까 봐 걱정돼서 말이야.

보통 태풍이 온다고 하면 우리나라에 영향을 주는 것만 생각하잖아? 하지만 파일럿은 조금 달라. 파일럿은 한국뿐만 아니라 다른 나라를 오가며 비행하잖아. 태풍이 한국에 영향을 미치기까지는 일주일 이상이 걸릴 수 있어. 하지만 그사이 항로나 목적지에 영향을 줄 수도 있어서 일기예보에서 '태풍이 먼바다에서 발생했다'라는 말만 나와도 미리부터 걱정되고 신경이 쓰여.

몇 년 전에 인천 공항이 아주 강력한 태풍의 영향을 받은 적이 있어. 그 태풍의 이름은 링링이었어. 이름은 귀엽지? 그런데 링링의 위력이 어찌나 세던지, 나는 지금도 그날을 잊을 수가 없어. 링링 때문에 인천 공항이 하루가 넘도록 문을 닫았거든. 모든 항공편이 취소돼서 공항이 텅텅 비었어. 하루가 지나서야 태풍이 조금 약해졌지. 공항이 아직 완전히 오픈하지 않았지만 나는 일단 출근했어. 항공사 입장에서는 오픈하자마자 빠르게 비행기를 띄워야 더 많은 비행기를 띄울 수가 있잖아. 그래서 파일럿은 미리 출근해서 비행할 준비를 하고 있어야 해.

그런데 그날 마침 내 비행기가 우리 회사에서 첫 번째로 비행을 나가게 된 거야. 공항에 가 보지 않아서 실제 기상 상황이 어떤지 알 수 없었어. 이륙할 수 있을 만큼 날씨가 좋아졌는지, 날씨가 좋아지기를 더 기다려야 하는지, 기다린다면 얼마나 기다려야 하는지 아무것도 알 수 없었어. 일기예보를 보면 되지 않냐고? 물론 그렇게 말할 수도 있어. 하지만 비행기는 아주 세밀한 숫자와 관련이 있거든.

눈으로 볼 수 있는 거리를 가시거리라고 하는데, 비행에서는 법정 마일(Statute Mile)이라는 단위를 사용해. 줄여서 sm이라고 하지. 킬로미터를 km라고 쓰는 것처럼 말이야. 이륙할 수 있는지 없는지의 한계치는 각 공항의 시설이나 환경 여건에 따라 달라. 그래서 각 공항의 차트를 보고 한계치를 알 수 있지. 이륙하려는 순간에 그 수치가 한계치 이내여야 해. 한계치 밖이면 이륙할 수 없거든. 바람은 한순간 확 불었다가 줄었다가 할 수 있잖아. 바깥도 잘 보였다가 빗줄기가 세지면 안 보이고 말이야. 그래서 1분 차이로 이륙이 가능하기도 하고 불가능하기도 해. 일단 공항에 가 보는 수밖에 없었지.

인천 국제공항에 가 본 적 있어? 공항으로 가는 길에는 2층으로 된 영종대교라는 긴 다리가 있어. 공항에 가 봤다면 아마도 그 다리를 건너 본 적이 있을 거야. 그날 강한 비바람 때문에 2층은 닫혔고, 아래층만 열렸어. 많은 차량이 한꺼번에 아래층으로 몰려들게 됐지. 다리를 건너려는 차의 줄이 엄청 길게 늘어섰고, 건너는 데만 한 시간이 걸리고 말았어. 회사 버스에 우리 팀 승무원들과 함께 타고 있었는데, 예상하지 못한 곳에서 지연이라는 문제가 생긴 거야. 무슨 말이냐면, 승무원들이 공항에 도착하지 못하니 비행기가 출발하지 못하고, 한 시간이 지연된다는 말이지. 승객들이 얼마나 화가 나겠어? 항공사에서는 시간 약속을 지키는 게 굉장히 중요해. 그러니까 내 잘못이든 아니든 조바심이 날 수밖에 없었지. 계속 시계만 봤던 것 같아. 게이트에 도착했을 때 나를 무서운 눈초리로 째려볼 승객들의 눈총을 상상하면 아, 끔찍해!

겨우 인천 공항에 도착했는데, 여전히 날씨가 좋지 않았어. 일찍 도착했어도 날씨 때문에 어차피 출발할 수 없었으니 우리로선 다행이지 뭐야. 바람이 너무 심하면 비행기가 흔들려서 공항 건물에 부딪힐 위험이 있어. 그래서 비행기를 게이트가 아닌 벌판 같은 곳에 세워. 그 벌판 같은 곳을 리모트라고 해. 가끔 공항에서 버스를 타고 비행기까지 갈 때가 있잖아? 그때 지나는 데가 리모트야. 리모트에 비행기를 세워 둘 때는 연료통에 연료를 가득 실어 놔. 무거워서 바람의 영향을 덜 받도록 말이야. 그리고 비행기를 바닥에 단단히 묶어 두지. 그날도 비행기를 게이트에 세우지 못하고 리모트에 세워 두었어.

리모트에 있는 비행기를 게이트로 끌고 오는 자동차를 토잉 카라고 해. 바람이 너무 심해서 토잉 카가 비행기를 게이트로 옮길 수 없었지. 바람이 약해지기를 대략 한 시간쯤 기다렸을까? 저만치에서 토잉 카가 우리 비행기를 끌고 게이트로 오고 있더라고. 그때 갑자기 두려움이 확 솟았어. 손에 땀이 나고, 심장도 마구 뛰었어.

'아, 이제 올 것이 왔구나. 진짜 태풍 속에서 이륙해야 하는구나!'

기상 상황을 확인해 보니 비행기가 이륙할 수 있는 최대 한계치의 측풍인 거야. 측풍이란 활주로의 옆쪽에서 불어오는 바람을 말해. 비행기는 정면에서 불어오는 바람을 맞으면서 이착륙하도록 설계되었거든. 그래서 옆이

나 뒤에서 바람이 불 때 비행하는 것은 여간 힘든 게 아니야.

파일럿은 6개월에 한 번씩 모의 비행 장치라고 하는 모형 비행기에서 정기적으로 실기 훈련을 하고 시험을 봐. 그러니까 그동안 모의 비행 장치로 최대 한계치 측풍 속에서 수없이 많은 이착륙 연습을 해 온 거지. 모의 비행 장치는 실제 비행기와 거의 비슷하게 만들어졌지만, 승객을 태우고 비행하지는 않아. 그래서 실전에서 최대 한계치 바람 속에 수많은 승객을 태운 채 이륙해 보기는 처음이었어. 겁이 안 날 수가 없었지.

게이트 앞에는 많은 승객이 탑승을 대기하고 있었어. 나도 기장 유니폼을 입고 게이트 앞에 서 있었지. 혹시 승객들에게 두려워하는 기색을 들킬까 봐 계속 창문만 보며 태연한 척 서 있었어. 그런데 창문에 비친 내가 나를 보고 말하는 것 같더라고.

'너는 기장이고, 이 비행기의 책임자이며, 네가 기댈 사람은 너 자신밖에 없어. 그런데 네가 이렇게 두려워하는 게 말이 돼?'

유리창에 비친 내가 겁먹고 있는 나에게 꾸짖듯이 말했어. 나는 한숨을 크게 한번 내쉬었어. 마음을 가다듬고, 이렇게 생각해 보았어.

'그래, 맞아! 나는 그동안 오늘을 위해 최대 한계치의 바람으로 수많은 훈련을 받아 왔어. 시험을 봐서 합격했고, 기장 면허를 받았어. 그 말은 악기상 속에서 이착륙할 수 있는 능력이 충분하다는 것이고, 오늘 같은 기상에서도 나는 안전하게 이륙할 수 있어!'

스스로에게 주문을 걸듯이 말했어. 그러고 나니 불안감이 조금 잦아든 것 같았어. 불안감이 줄어든 만큼 자신감이 생겼어.

'그래! 할 수 있다!'

나는 평소처럼 차분하게 비행을 준비했어. 나쁜 날씨로 어떤 변수가 생길지 모르니 연료도 평소보다 넉넉하게 실었어. 곧 승객들이 모두 탑승했어. 우리 비행기는 조금씩 이륙에 가까워졌어.

관제탑과 교신 중 다른 파일럿들의 교신이 들렸어.

"Incheon tower, ○○air 123, say wind?"

(활주로 바람이 어떻게 되나요?)

"○○air 123, Incheon tower, wind 240 at 30kt gust 40."

(활주로 바람은 측풍 30 노트입니다.)

비 때문에 활주로가 잘 보이지 않았어. 바람도 여전히 거셌어. 교신 너머로 들리는 다른 파일럿들의 목소리에도 가느다란 한숨이 섞여 있었어. 나처럼 떨려 하는 것 같았어. 그들도 내가 걱정하고 불안해하는 것만큼 이 태풍이 만만하지 않은 것 같더라고. 각자 항로와 목적지는 모두 달랐어. 하지만 보이지 않는 활주로와 강한 태풍을 두려워하는 것은 나 혼자만은 아니였어.

비행기들이 이륙하기 위해 활주로 쪽으로 줄 서서 가고 있었어. 그중 어떤 비행기는 출발하려고 활주로 앞까지 갔다가 다시 게이트로 돌아가더라고. 연료를 더 넣기 위해서 말이야. 측풍이 세서 이륙하지 못하고 활주로 앞에서 대기하는 동안 연료를 너무 많이 써 버린 거였어. 목적지까지 갈 연료가 부족해져 버린 거지. 이런 상황은 평소에는 잘 없다 보니 미처 준비하지 못했던 것 같아. 예상치 못한 일은 누구에게나 생길 수 있어. 우리 비행기도 바로 이륙하지는 못하고 얼마 동안 대기해야 했어. 다행히 미리 여유롭게 연료를 실은 덕분에 대기하는 동안 불안감은 적었어.

드디어 내 비행기 차례가 왔어. 나는 다시 한번 주문을 외우듯 머릿속으로 말했어. 이륙 전에 마지막으로 큰 자신감이 필요했거든.

'나는 국가에서 인정받은 기장이야. 이런 기상에서도 충분히 이륙할 수 있는 능력이 있고, 그동안 오늘을 위해 무수히 연습해 왔어. 지금까지 훈련해 온 대로만 하자!'

그러자 자신감이 가득 생겼고, 가슴이 활짝 펼쳐졌어. 우리 비행기는 활주로를 달리기 시작했어. 비행기가 뜰 수 있는 속도가 붙었지. 조종간을 가슴 앞으로 당기자 비행기가 공중으로 뜨기 시작했어. 자, 이륙!

비행기는 측풍을 꿋꿋하게 버티고 힘차게 날았어. 그렇게 얼마간 태풍을 뚫고 날아오르자 언제 그랬냐는 듯 파란 하늘이 펼쳐졌어. 조금 전까지만 해도 조마조마했던 내 마음이 뿌듯함과 자신감으로 바뀌는 순간이었어.

보이지 않는 미래에 대한 두려움은 모든 사람이 가지

고 있어. 처음 시도하는 건 누구나 두렵지. 계획한 대로 되지 않으면 좌절하기도 해. 예상하지 못한 문제를 만나면 감당하기 힘들고 말이야. 이런 두려움이나 불안감은 사람이라면 누구나 당연히 갖는 감정이야. 앞이 잘 보이지 않는 활주로에서 태풍을 뚫고 이륙할 때 나뿐만 아니라 다른 파일럿들도 두려워했던 것처럼 말이야. 그렇지만 두려움을 각자의 방식대로 잘 다스려서 최선을 다해 이륙해 보는 거야.

불안하고 두려울 땐 나처럼 주문을 외워 보는 건 어때? 자신감을 올리는 주문 말이야. 나는 이 주문이 잘 듣거든. 그리고 자신을 굳게 믿고 가 보는 거야. 꿈을 향한 힘찬 이륙! 네 인생의 기장은 바로 너야. 너는 책임자이고, 네가 기대야 할 사람은 너 자신이야. 그러니까 일단 태풍을 뚫고 이륙해 보는 거야. 저 하늘 위에는 너무나도 평온하고 파란 하늘이 너를 기다리고 있을 테니까.

나는 키가 작아서 안 될 거야

파일럿이 되고 싶다고 처음 생각한 날, 나는 서울의 한 프랜차이즈 호텔의 프런트에서 일하고 있었어. 프런트에서 내가 주로 한 일은 투숙객의 체크인, 체크아웃 업무였어. 그 호텔에는 미국 항공사 승무원들이 투숙하고 있었어. 그래서 평소에 여성 파일럿들을 종종 봤지. 그런데 그 여성 파일럿들은 멀리서 보면 여성인지 남성인지 구분이 잘 안 됐어. 모두 유니폼 바지를 입고, 짧은 머리거나 머리를 올려서 모자를 쓰고 있었거든. 남성의 흉내를 내지 않으면 할 수 없는 직업 같다는 인상을 받았어. 그리고 그때까지 내가 봐 온 여성 파일럿은 모두 부기장이어서 남

성의 보조적인 역할만 할 것이라는 편견이 있었어. 그래서였을까? 나는 파일럿이라는 직업에 관심이 없었어. 나의 롤 모델이 된 여성 기장을 보기 전까지는 말이야.

그날도 여느 때와 다름없이 프런트 데스크에서 미국 항공사의 파일럿들을 기다리고 있었어. 그런데 호텔 로비로 들어오는 여성 기장 한 분이 내 눈에 띄었어. 그분은 두 남성 부기장을 뒤로 거느리고 성큼성큼 걸어 들어왔어. 지금까지 봐 왔던 여성 부기장들과는 너무나 다른 모습이었어. 긴 금발 머리를 휘날리면서 당당하게 앞장서 들어오는 모습은 마치 영화의 한 장면을 슬로모션으로 보는 것 같았어. 지금까지 내가 가졌던 여성 파일럿에 대한 편견이 완전히 깨져 버리는 순간이었지. 나는 그 기장을 체크인시키는 잠깐 동안 물었어.

"어떻게 파일럿이 되셨어요?"

"아버지가 공군 파일럿이었어요. 그래서 어릴 때부터 공군 부대에서 자랐죠. 공군 부대 안에 있는 비행 클럽에서 열일곱 살 때부터 경비행기를 탔어요. 그때부터 파일럿의 꿈을 가지기 시작했죠."

장거리 비행 때문에 피곤했을 텐데 기장은 친절하게 대답해 줬어. 나는 내일 기장이 체크아웃하기 전에 미리 질문할 것들을 생각해서 다시 물어봐야겠다고 생각했지. 그리고 그다음 날 질문할 내용을 들고 호텔에 출근했어. 그런데 이게 무슨 일이야? 글쎄 그분이 호텔을 떠나고 없는 거야. 항공사 스케줄이 바뀌어서 원래 예정되어 있던 시간보다 일찍 떠나 버린 거였어. 나는 무척 실망스러웠어. 하지만 다른 방법이 없었어. 그 당시에는 항공사에서 승무원들의 명단을 미리 받아 방 배정을 해 놓고, 승무원들이 호텔에 도착하면 바로 방 키를 나눠 줬어. 그러다 보니 여성 기장의 이름도 풀네임으로 적혀 있지 않았어. 항공사에서 받은 명단에는 기장의 이니셜만 남아 있었지. 나는 이니셜만이라도 메모지에 적은 뒤 지갑에 넣었어. 제이. 스킬라(J. Skliar). 그 이름은 나의 롤 모델이 되었지.

그때부터 나는 사방팔방으로 파일럿이 되는 방법을 알아보기 시작했어. 그때가 2000년대 초였어. 당시에는 한국에 항공사가 두 개밖에 없었고, 파일럿 채용 인원도 적은 편이었어. IMF를 겪은 지 얼마 안 돼서 경제 상황이 좋지 않았고, 두 항공사도 이미 몇 년째 파일럿을 채용하지 않았어. 당분간 채용 계획도 없었고 말이야. 나는 한국에서 비행기가 있다는 곳은 모두 찾아다니면서 내 상황을 말하고 어떻게 하면 파일럿이 될 수 있는지 물어봤어. 그런데 어디에서도 긍정적인 대답은 들을 수가 없었어.

"아, 일단 나이가 너무 많으시네요."

"흠, 키도 좀 작으신 거 같아요."

"항공사에서 여성 직원은 이미 있는 인원으로도 충분하다고 여길걸요."

여러 곳을 찾아다닐수록 실망스러운 대답만 더 많이 들을 뿐이었어. 그런데 내가 파일럿의 꿈을 포기하지 않을 수 있었던, 특별한 힘이 됐던 말이 있었어. 그건 바로 미국인 파일럿들의 생각은 달랐다는 거야. 호텔에서 많은 파일럿들을 체크인, 체크아웃시키면서 그들에게 물어봤거든.

"나는 키도 작고, 이과 전공자도 아니고, 나이도 많은데 파일럿이 될 수 있을까요?"

그들의 대답은 모두 똑같았어.

"Why not? Yes, you can be. All that doesn't matter as long as you want it to be."

(그럼요? 당연히 될 수 있죠. 그런 것들은 하나도 문제가 되지 않아요. 하고 싶다는 마음만 있다면.)

누군가는 그 말이 무모한 대답이었다고 할 수도 있어. 자기 일이 아니니까 무책임하게 그냥 던지는 거라고 말이야. 별로 의미를 두지 않고 하는 말일 수도 있어. 하지만 그렇더라도 나는 그 말이 너무 좋았어. 그 긍정적인 말을 들었을 때, 가슴이 무척 뛰었어. '노력하면 정말 파일럿이 될 수 있겠구나!'라는 생각이 들었어. 그리고 마음먹었어. '해 보자! 길을 찾아보자! 꼭 방법이 있을 거야!'

마음을 굳게 먹은 뒤 백 명도 넘는 미국인 파일럿에게 파일럿이 되려면 어떤 학교에 가면 좋은지, 어떤 과정을 거쳐야 하는지, 시간과 돈은 얼마나 드는지 등을 물어봤어. 파일럿이 되기 위한 정보를 적은 메모지는 두껍게 쌓여 갔지.

그런데 어느 날 문득 그런 생각이 드는 거야.

'스킬라 기장은 공군 부대에서 비행을 처음 배웠다고 했는데, 한국에도 미국 공군 부대가 있지 않을까?'

알아보니 내 생각이 맞았어. 경기도 오산에 부대가 있었어. 그리고 거기에 스킬라 기장이 처음 경비행기를 배웠다고 한 그런 비행 클럽이 있더라고. 나는 클럽 매니저에게 전화를 걸어서 물어봤어. 매니저의 대답은 반은 긍정적이고 반은 부정적이었어.

"흠, 우리는 비행을 배우고 싶다면 누구나 환영합니다. 하지만 여기에 들어올 수 있는 카테고리가 있어야 해요. 우선 미군 부대에 출입할 수 있는 출입증이 있어야 하는데, 그게 없는 사람은 카테고리조차 만들 수가 없어요."

나는 다시 물었어.

"그러면 어떤 사람들이 미군 부대 출입증을 받을 수 있나요?"

"미군이거나, 미군 가족이거나, 미국 대사관 직원이어야 해요."

'흠, 그러면 일단 미국 대사관에 자리가 있는지 알아봐

야겠다.'

우여곡절 끝에 나는 미국 대사관으로 직장을 옮겼어. 거기서 오산 미국 공군 부대에 들어갈 수 있는 출입증을 받았어. 그리고 비행 클럽에 들어가 주말마다 경비행기를 타면서 자가용 비행기 면허를 취득했어. 그때가 스킬라 기장을 보고 파일럿의 꿈을 갖기 시작한 지 딱 1년 정도 된 날이었어.

몇 년이 지나고 나는 미국 대사관을 그만두고 플로리다주에 있는 델타 항공 학교로 유학을 갔어. 미국에서 항공 학교 과정을 마치고 나면 비행 교관 일을 하면서 경력을 쌓아야 했거든. 그런데 미국에서는 교관 과정을 거쳐야만 항공사에 지원할 자격이 생기다 보니 교관이라는 직업은 임금이 아주 낮았어. 그 임금으로는 아파트 한 달 집세를 내기도 부족했지. 그래서 나는 돈도 많이 주고, 숙식도 제공해 주는 중국에 가기로 했어. 중국 내몽고 사막에 있는 항공 학교로 말이야. 중국으로 떠나기 하루 전날 나는 나의 롤모델 스킬라 기장이 속한 항공사의 플로리다

지역 사무실로 찾아갔어. 그리고 내 사정을 이야기했어.

“여기서 일하는 여성 기장인데, 이름이 스킬라라는 것밖에 몰라요. 제가 이분으로부터 영감을 받아서 파일럿이 되려고 마음먹었거든요. 이분을 꼭 찾아서 말을 전하고 싶어요. 도와주실 수 없을까요? 저는 내일 중국으로 떠납니다.”

직원에게 내 이름과 이메일 주소를 적은 쪽지를 남기고 다음 날 중국행 비행기에 올랐어. 그리고 얼마나 지났을까? 아마 한 달이 안 됐던 것 같아. 드디어 나는 롤 모델로부터 이메일을 받았어. 호텔에서 이니셜을 적은 메모지를 지갑에 넣은 지 5년 만이었어. 이니셜 J가 Janis라는 것도 알게 되었지.

스킬라 기장은 내가 기억나지 않지만 무척 자랑스럽다고 했어. 나도 연락을 받아서 얼마나 고마웠는지 몰라.

그로부터 2년 뒤 나는 중국 내몽고에서 비행 교관을 마치고 상하이에 있는 항공사에 취직했어. 그런데 스킬라 기장이 어느 날 상하이에 비행을 온다고 연락했어. 서울의 호텔에서 처음 보고 7년 만에 만나는 거였어. 어찌나

감격스럽던지. 상하이의 호텔 로비에서 우리는 함께 사진을 찍었어. 기장은 상하이에 비행을 올 때마다 나에게 미리 이메일로 알려 줬어. 나는 그때마다 시간을 내서 기장과 부기장들과 함께 밥을 먹으며 언니, 동생처럼 즐거운 시간을 보냈어.

몇 년 전에 EBS에서 'Make Your Dream'이라는 청소년 캠페인 영상을 찍은 적이 있어. 캠페인에서 전하고자 했던 메시지는 '내가 했다면 당신도 할 수 있다'였어. 매스컴이나 강연을 통해 나를 알게 된 사람들이 종종 연락해 왔어. 그중에는 키가 작아서 항공사에 지원할 수 있을지 걱정이라고 하는 여학생이 있었어. 나는 아는 만큼만 대답해 주었어. 항공사 모집 요강에 키 제한이 명시돼 있지 않다고 말이야. 20여 년 전 내가 처음 파일럿의 꿈을 가졌을 때만 해도 버젓이 명시돼 있었지만, 시대가 변하면서 지금은 법으로 신체적인 제한을 둘 수 없게 됐지. 그렇게 시간이 어느 정도 지나고 나서 그 여학생의 소식을 들었어. 모 항공사에 조종 훈련생으로 입사했다는 거야. 너무 기쁜 소식이었어. 만일 그때 그 여학생이 '나는 키가 작아서 안 될 거야!'라고 생각하고 지원하지 않았다면 얼마나 아쉬웠겠어?

나는 만 29살에 파일럿이 되고 싶다는 꿈을 가졌고, 만 35살에 항공사에 들어가는 게 목표였어. 그리고 실제로 35살에 부기장으로 입사했지. 내가 간 항공사에는 40살의 나이에 여성 부기장으로 당당히 입사한 후배가 있었어. 나이와 성별에 상관없이, 꼭 이루겠다는 확고한 의지를 가지고 꿈을 포기하지만 않는다면 누구나 할 수 있어.

나는 지금도 나에게 '넌 할 수 있다. 중요한 것은 너의 마음이다. 너 하기에 달렸다'라고 말해 주었던 그 파일럿들에게 너무 감사해. 그들의 응원이 아니었다면 나는 아마도 그때 포기했을 거야. 지금의 나는 없었을지도 몰라. '여성이기 때문에, 남성이기 때문에'라는 말로 가능성을 닫아 버리지 않았으면 좋겠어. 키가 작아서 안 될 거라며 스스로 한계를 만들지 않았으면 좋겠어. 성별이 무엇이든, 신체적인 약점이 무엇이든 상관없어. 그러니까 결함이 아닌 것을 결함이라고 생각하지 않았으면 좋겠어.

네가 그런 것들 때문에 자신감이 없다면, 나는 너에게 응원을 건네는 파일럿이 되어 주고 싶어. 내가 다른 파일럿들에게 응원을 받았던 것처럼 말이야. 다른 사람이 나에게 '안 된다'라고 하는 말에 신경 쓰지 말자. 그 사람이 인생을 대신 살아 주는 것도 아니잖아. 내가 무슨 꿈을 꾸든, 그 꿈을 이루든 못 이루든 그게 그 사람에게 얼마나 중요하겠어? 되고 안 되고는 내 마음먹기에 달린 거라고 생각해. 한 번 사는 인생인데, 하고 싶다면 해 봐야 하지 않겠어? 마음이 하는 말에 좀 더 귀를 기울여 봐. 성별이 무엇이든, 신체적인 약점이 무엇이든 그런 것들에 스스로 가두지 말고 도전해 보는 거야.

내 인생의 결정은 내가!
Go or No Go?

파일럿이 비행기에 승객을 탑승시키기 전에 무슨 준비를 하는지 궁금해한 적 있어? 그러면 국제선을 운행하는 기장의 일상을 한번 이야기해 볼까?

파일럿은 비행기가 출발하기 두 시간 전에 회사에 출근해. 컴퓨터에 로그인해서 출근 도장을 찍지. 그리고 음주, 약물 등 건강 상태에 대한 여러 가지 항목에 체크하지. '오늘 내 컨디션이 비행하기에 적당한가?'를 확인하는 거야. 그다음으로 비행 계획서, 기상 상황 등 비행에 필요한 자료들을 분석하고 연구해. 항로와 도착할 공항의 상태를 확인하는 거지. 공항에서 공사를 하고 있진 않은지, 시스템 고장은 없는지, 주변에 주의해야 할 요소는 뭐가 있는지 등을 살피는 거야. 모든 분석과 연구가 끝나면 부기장과 함께 상의해. 회사에서 준 계획서보다 연료를 더 실어야 할지, 그 외 다른 상황에 어떻게 대처할 건지 의논하고 계획을 짜는 거지. 그리고 마지막으로 같이 비행할 승무원들과 합동 브리핑을 해. 합동 브리핑은 비행 계획을 다 같이 공유하는 거라고 생각하면 돼. 여기까지가 비행 전에 사무실에서 하는 일이야.

사무실에서 나온 파일럿과 승무원은 한 팀이 돼서 공항으로 이동해. 보통 비행기가 출발하기 한 시간 전에 도착하지. 승객보다 비행기에 먼저 타서 각자 위치에서 비행을 준비하는 거야. 승무원은 마이크가 잘 작동하는지, 기내에 이상한 물체가 없는지, 식음료와 화장실 비품이 잘 실렸는지, 비상용 장비들이 유효한지 등 점검할 게 엄청 많아. 시간이 아주 빠듯하지. 입사한 지 얼마 안 된 승무원은 익숙해지기 전까지 정신이 하나도 없을 정도야.

기장은 비행기 밖으로 나와서 외부를 점검해야 해. 물론 정비사가 사전에 꼼꼼히 점검하지만, 기장이 다시 살

펴봐야 해. 어딘가 금이 간 곳은 없는지, 바퀴에 구멍이 나거나 찢어진 곳은 없는지, 새가 부딪히거나 번개에 맞은 흔적은 없는지, 연결 부위에 나사가 헐거워지거나 빠지지 않았는지 등 아주 세세하게 육안으로 직접 검사해야 하지.

그렇게 외부 점검을 마치고 조종실로 들어오면 그동안 부기장이 장비들을 점검하고 테스트를 마쳐 놓지. 조종실 내 컴퓨터까지 거의 다 세팅되는 거야. 그런데 기장은 부기장이 점검해 놓은 것들을 하나하나 다시 한번 점검해야 해.

왜 이렇게 기장은 사람을 믿지 못하는 걸까? 정비사도 못 믿고, 부기장도 못 믿고 말이지. 그건 기장이 다른 사람을 믿지 않도록 교육받았기 때문이야. 사람은 언제라도 실수를 할 수 있잖아. 기장은 비행기의 책임자로서 "내가 다 잘 봤어요. 확인했어요. 아무 문제 없어요"라는 말을 믿지 않도록 훈련받아. '자신 말곤 아무도 믿지 마라'라고 교육을 받지. 그래야 혹시라도 실수로 컴퓨터가 잘못 세팅되었더라도 바로잡을 수 있고, 어딘가 나사

하나가 헐거워져 있더라도 찾아낼 수 있거든. 그러고 나서 기장은 'Go or No Go'를 판단해. 어디 하나라도 문제가 있으면 해결되기 전까지 단호하게 No Go! 해결되면 Go!

안전하게 비행할 수 있다는 확신이 있고 만반의 준비가 되었을 때 비로소 Go! 승객을 탑승시키게 되는 거야.

나는 파일럿이 되겠다고 미국에 유학을 가기 전에 미국 대사관에서 3년 동안 일했어. 미국 대사관에서 일하면서 주말마다 틈틈이 오산에 있는 비행 클럽에 가서 연습했어. 하지만 거기에서 배우는 수업에는 한계가 있었어. 취미로 경비행기를 비행하는 정도까지만 배울 수 있었거든. 항공사 파일럿이 되기 위해서는 결국 미국으로 유학을 가야 했어. 그래서 유학을 가기 위해 체계적으로 준비했어. 내가 서른이 넘었을 때였고, 몇 년간 돈을 모아서 가는 유학이었기 때문에 잘못된 선택을 하지 않으려면 철저하게 준비해야 했어. 유학 갈 학교를 정해야 했고, 입학 조건을 갖추기 위해 영어 성적표도 필요했고, 학업을 마칠 만큼의 학비도 모아야 했지.

어떤 학교를 갈지 찾다 보니 정말 많은 항공 학교가 있다는 걸 알게 됐어. 어느 학교에 가는 게 나에게 좋을지 몰라서 닥치는 대로 조사했어. 그 안에서 학교들을 추려 내서 리스트를 조금씩 줄여 나갔지.

최종 리스트를 정한 뒤 미국에 방문할 기회가 있을 때마다 학교를 하나씩 방문해 보기로 했어. 왜냐하면 미국 학교들은 학생을 받기 위해 학교의 좋은 점만 이야기하려고 하지, 단점은 말하지 않거든. 그래서 나는 직접 찾아가 내 눈으로 보고 확인하기로 했어. 학교를 방문하겠다고 입학 행정 담당 매니저에게 말한 뒤 찾아갔지. 매니저는 당연히 학교의 자랑만 늘어놓더라고. 단점에 대해서는 한마디도 하지 않았어. 그래서 나는 이 학교가 내가 몇 년간 고생해서 모은 학비를 낼 만한 곳인지, 내 시간과 미래를 맡길 만한 곳인지 알아내려면 무언가 다른 방법이 있을 거라고 생각했어. 그건 바로 그 학교에 다니고 있는 학생들에게 경험담을 듣는 거였지.

미국 캘리포니아주 오클랜드에 있는 학교를 방문했을

때 일이야. 그 학교는 우리나라 대형 항공사에서 조종 훈련생을 보내는 곳이라고 했어. 학교를 방문해서 매니저와 답사하고, 이런저런 학교 자랑을 실컷 듣고 헤어졌어. 그러고 나서 학교를 돌아보는데 한국인 같아 보이는 학생 한 명이 지나가더라고. 나는 다짜고짜 따라가서 말을 걸었어.

"Are you a Korean?"

"Yes, I am."

"안녕하세요? 저는 한국에서 온 사람인데요."

"무슨 일이세요?"

"이 학교에 항공 유학을 오고 싶어서, 학교에 대해 좀 여쭤보고 싶어요. 혹시 제가 식사를 한 끼 대접하면서 궁금한 것을 좀 여쭤봐도 될까요? 동기분들도 함께요."

세상에 공짜는 없으니까 귀한 시간을 내주는 것만으로도 감사해서 나는 식사를 대접하며 이야기를 듣고 싶다고 했어. 학생은 고맙게도 흔쾌히 허락했어. 한국 식당에서 그 학생의 동기 다섯 명 정도와 함께 저녁 식사를 했어. 그 자리에서 나는 학교의 실체에 대해 들을 수 있었지. 좋은 점도 많이 있는 학교였어. 하지만 내가 힘들게 모은 돈으로 짧은 시간에 원하는 공부를 마치기에 최적의 학교는 아니었어.

꿈을 이루는 과정에서 대충 겉핥기식으로 준비하면 그만큼 잘못된 선택을 할 가능성이 커지는 것 같아. 그러니까 한쪽 말만 듣고 결정하지 않았으면 좋겠어. 현장에 가서 직접 물어보고, 눈으로 보고, 귀로 듣고, 느낀 뒤에 판단하면 좋겠어. 내 시간과 기회는 소중하니까. 가능하면 실패를 줄이고, 먼 길로 돌아가고 싶지 않으니까 말이야.

발로 직접 뛰며 학교들을 알아봤지만, 지원하려면 토플 성적표가 필요했어. 미국 대사관에서 일했으니 영어는 나름 한다고 생각했는데, 회화를 잘하는 것과 시험 성적표는 다르잖아? 그래서 높은 성적을 받기 위해 공부해야 했어. 요즘 토플은 어떤 방식으로 되어 있는지 모르겠는데, 그때는 듣기, 객관식 문제 풀기, 영어 논술로 이루어져 있었어. 그래서 나는 익숙하지 않던 논술을 집중적으로 공부해야 했어. 기출문제집에 있는 소재로 나름대로 글을 써서 동료 미국인들에게 보여 줬어. 그리고 문장을 세련되고 조리 있게 고쳐 달라고 부탁했지. 동료들이 처음에 고쳐 준 내 논술 종이는 온통 빨간 볼펜 자국으로 꽉 차서 하얀 여백이 거의 없었어. 그런데 한 반년쯤 지났을까? 시간이 지날수록 조금씩 빨간 볼펜 자국이 줄어들었어. '연습이 완벽을 만든다'라는 말이 있잖아? 아무리 어렵고 힘든 것이라도 계속 연습하면 결국 익숙해질 수 있는 것 같아. 논술 실력이 완벽하지는 않았지만 발전하는 게 느껴지니 자신감이 커졌어.

서울에서 제주를 비행하는 날은 보통 하루에 두 번 왕복 비행하게 돼. 그러면 하루에 네 번을 이륙하고, 네 번을 착륙하는 셈이야. 같은 비행기로 비행하더라도 기장은 매번 승객을 탑승시키기 전에 외부를 점검해야 해. 몇 번이고 반복해서 다시 하지. 부기장이 새로 세팅한 컴퓨터도 매번 다시 확인해. 귀찮고 번거롭지만 안전을 위해 꼭 필요한 일이야. 내 인생이라는 소중한 비행을 떠나는데, 준비를 대충 하고 싶지는 않겠지? 엄마가 알아봐 주고, 아빠가 알아봐 주고, 누가 대신 가져다주는 거 말고 직접 찾아보고, 알아보면 깊이가 다를 거야. 그러고 나서 스스로 Go or No Go를 판단해 보는 거야!

MAYDAY, MAYDAY, MAYDAY!

며칠 전에 뉴스에서 화가 나는 소식을 들었어. 응급 환자를 이송 중이던 구급차가 길을 비켜 달라고 신호했는데, 약 3분 동안 길을 막고 버텨서 검찰에 송치된 승용차 운전자 이야기였어. 대부분의 자동차가 가장자리로 비켜서 길을 터 줬는데, 그 승용차 하나가 길을 막는 바람에 시간이 지체된 거야. 응급 환자에게는 골든타임이라는 게 있잖아. 그들에게 3분은 생명과도 바꿀 만큼 중요한 시간인데 말이야. 상황을 머릿속에 그려 보니 마치 내가 그 구급 대원이 된 것 같아서 얼마나 답답하고 화가 나던지.

파일럿이 비행할 때도 다른 비행기에게 '제가 먼저 갈게요. 길을 양보해 주세요' 하는 경우가 종종 있거든. 비행기는 사이렌을 울릴 수가 없으니 'MAYDAY'라는 말로 관제탑과 다른 비행기에게 도움을 요청해.

"MAYDAY, MAYDAY, MAYDAY!"

크고 빠른 목소리로 이렇게 세 번을 연달아 외치는 거야. 관제탑과 다른 비행기에게 '내가 지금 다른 비행기보다 우선순위를 받아야 하는 문제가 있다. 그러니까 주의해서 잘 들어 달라'라고 먼저 주의를 끄는 거지. 그러고 나서 문제가 무엇인지, 왜 우선권을 요청하는지 설명해.

"MAYDAY, MAYDAY, MAYDAY. I have an engine fire on my left, Request landing priority at Gimpo."

(메이데이, 메이데이, 메이데이. 왼쪽 엔진에 화재가 발생했습니다. 김포 공항에 착륙 우선순위를 주십시오.)

작은 결함이나 대수롭지 않은 이유로 메이데이를 외쳐선 안 되겠지? 메이데이는 꼭 필요한 때만 사용하도록 항공법으로 규정되어 있어. 우선권을 부여받은 뒤에도 그 요청이 정당한 것이었는지 확인하는 조사가 뒤따르지.

메이데이가 필요한 정당한 사유란 시간이 촉박한 위급한 환자가 있다거나, 빨리 조치하지 않으면 큰 사고로 이어질 수 있는 기체 결함이 발생했거나 하는 경우야. 예를 들면 엔진에 화재가 났다거나, 연료가 거의 다 떨어져 간다거나, 기체 어딘가에 구멍이 생겼거나, 여압 장치에 문제가 생겨 급강하해야 하는 등의 문제들이지.

MAYDAY라는 말은 프랑스어 m'aider에서 유래되었다고 해. '도와주세요'라는 뜻인데, 영어로 발음하면서 MAYDAY가 된 거야. 처음엔 영국의 크로이든 공항과 프랑스의 르부르제 공항 구간에서만 사용되었어. 당시에는 프랑스어가 세계 공용어였대. 그래서 점차 전 세계로 퍼졌고, 현재는 항공뿐만 아니라 다른 위기 상황에서 일반적으로 사용되고 있지.

내가 비행 중에 메이데이를 사용해 본 적이 있었냐? 지금까지 관제탑에 우선순위를 요청해 본 적은 없었어. 하지만 다른 비행기가 신호하는 것을 들어 본 적은 몇 번 있어. 한 번은 김포 공항에서 있던 일이야. 나는 이륙하려고 활주로 앞에서 허가가 떨어지기를 기다리고 있었어. 그런데 나보다 먼저 이륙했던 비행기가 이륙 직후 엔진으로 새가 빨려 들어가면서 메이데이를 외쳤고, 다시 김포 공항으로 돌아오겠다고 요청했어. 철새 떼가 빨려 들어가면서 한쪽 엔진이 고장 난 거였지. 김포 공항에는 두 개의 활주로가 있는데 하나는 이륙 전용, 하나는 착륙 전용이야. 그래서 이륙하려고 대기 중이던 내 비행기가 양보해야 할 일은 없었지만, 관제탑과 그 비행기 간의 교신이 긴박해서 다른 비행기들은 숨죽인 채 상황이 무사히 끝나기를 기다렸어. 긴박한 상황을 교신으로 듣고 있는 것만으로도 마치 나에게 닥친 일 같아서 심장이 쿵쾅거렸어. 그 비행기가 무사히 김포 공항에 착륙하는 것을 보고 겨우 안도의 깊은숨을 쉬었지.

일상에서 메이데이를 외치거나, 누군가의 메이데이에 적극적으로 도움을 준 적이 있었나? 나는 아직도 떠올리면 가슴이 먹먹해지는 기억이 하나 있어. 용기가 없어서 도와주지 못했던 같은 반 친구에 대한 기억이야.

내가 중학생 때 우리 반에는 이천보다 더 시골에 있는 학교에서 갓 전학을 온 친구가 있었어. 조용하고 말이 별로 없던 친구였어. 그런데 반에서 큰소리치고 장난치기 좋아하는 짓궂은 애들 몇 명이 그 친구를 재미 삼아 괴롭히기 시작했어. 한마디로 왕따를 시키고 못살게 군 거지. 그 친구에게서 냄새가 난다며 놀리고 괜한 트집을 잡았어. 일부러 툭 치고 "아, 냄새!" 하면서 얼굴을 찡그리고 코를 막는 시늉을 하고 깔깔거렸지.

하지만 솔직히 그 친구에게선 아무런 냄새도 나지 않았어. 순전히 착하고 약하다는 이유로 괴롭힘을 당한 거지. 이제 막 전학을 와서 편을 들어 줄 친구도 하나 없는 외로운 아이였는데 말이야. 그런데도 나는 애들이 그 친구를 괴롭히는 것을 말리지 못했어. 내가 그 친구 편을 들면 나한테까지 불똥이 튈 것 같았거든. 나까지 미움을 받을까 봐 두려웠어. 그래서 남의 집 불구경하듯, 나랑은 상관없다는 듯, 못 본 척 비겁하게 고개를 돌렸어. 그 친구가 당하고 있는 게 안타까웠지만 아무런 도움도 줄 수 없었어. 아마 나뿐만 아니라 다른 아이들도 나와 같은 생각을 했지만, 나서지 못했을 거야. 나와 똑같은 이유로 그 친구를 돕지 못했을 거야.

괴롭히던 애들도 처음부터 그럴 의도는 아니었을 거야. 어쩌다 한 번 착해 보이는 아이를 괴롭혔는데, 그 애가 대들지 않고 가만히 있으니까 재밌다고 생각했을 거야. 처음에는 '어? 왜 반항을 안 하지?' 하고 놀랐을지도 몰라. 그런데 한 번이 두 번이 되고, 두 번이 세 번이 되고, 그게 습관이 되어 버린 거지. 어쩌면 괴롭힌 아이들도 이유 없이 친구를 괴롭히는 게 괴로웠을지도 몰라. 하지만 무리에 반하는 행동을 하면 미움받을까 봐 멈추지 못한 거지. 그 아이에게 사과하는 게 자존심 상한다고 생각했을 수도 있어. 스스로 부끄럽다고 생각하면서도 강한 척 연기를 하는 거야. 사실은 잘못을 인정하고 사과하는 게 용기 있는 행동인데 말이지.

만약 그때 그 친구가 "나 좀 도와줘!"라고 주변에 도움을 청했으면 어땠을까? 아무리 못 본 척 하려고 했더라도 외면하지 못했을 거야. 사이렌을 울리고 메이데이를 외치는데 모른 척할 사람은 없을 거야. 검찰에 송치된 그 승용차 운전자 같은 사람만 세상에 가득한 건 아니니까. 도움이 필요할 때 도와 달라고 말하는 것도 굉장한 용기가 필요해. 도와 달라고 했는데 외면받을까 봐 두렵겠지. 하지만 많은 자동차가 구급차에게 길을 비켜 준 것처럼, 모든 항공기 승무원이 메이데이를 듣는 순간 숨을 죽이고 귀를 기울이는 것처럼 대부분 도움의 요청을 외면하지 않아. 그러니까 도움이 필요할 때는 용기 내서 메이데이를 외쳐 보는 거야.

그때 괴롭힘을 당하는 사람이 내 친언니나 오빠, 동생이었다고 생각해 보면 너무 화가 나고 속상해. 그 친구도 누군가의 언니, 오빠, 동생일 텐데 말이지. 나는 그때 그 친구를 도와주지 못했던 게 너무 부끄러워. 비겁하게 못 본 척 고개를 돌렸던 내가 창피해. 괴롭히던 애들의 얼굴은 하나도 기억나지 않아. 하지만 괴롭힘을 당하던 그 친구가 아무렇지 않은 듯 애써 담담하게 견디던 표정은 지금도 생생하게 기억이 나. 가슴에 남아서 몇십 년이 지난 지금까지도 내 양심을 괴롭혀.

'Treat others as you would like to be treated'라는 말은

내가 아주 좋아하는 말인데, '내가 대접받고 싶은 대로 남을 대하라'라는 말이야. 내가 존중받아야 할 사람인 것처럼, 내 주위 사람들도 모두 존중받아야 할 한 명 한 명으로 여기면 좋겠어. 미래를 함께 공유할 친구들이니까 말이야. 인생이라는 비행에서 혹시라도 내가 비상 상황을 겪고 있을 때, 착륙을 양보해 줄 고마운 파일럿이 바로 그들 중에 있을 거야.

2장

출발은 했는데, 온통 비구름!

아무것도
보이지가 않아!

비행기가 순항 고도에 오르기까지 어떤 과정을 거치는지 알아? 제일 먼저 비행기 바퀴를 올려. 바퀴가 내려와 있으면 공기 마찰을 받아서 속력을 내는 데 굉장히 방해되거든. 그다음으로 넓게 펼쳤던 날개를 3분의 2 정도로 줄이는 거야. 그리고 계속해서 고도를 높이면서 가고자 하는 방향으로 기수를 돌리고, 속력도 올려야 해. 비행기 바퀴가 땅에서 떨어지는 순간부터 파일럿은 창밖을 보는 게 아니라 비행기 안에 있는 계기판을 봐야 해. 신기하지? 어떻게 바깥을 보지 않고 비행하는 걸까?

여객기는 대부분 구름 속에서 비행해. 구름 속으로 들어갔을 때 어떤 느낌이냐고? 자동차를 타고 고속도로를 달리는데 갑자기 짙은 안개가 나타나서 한 치 앞도 보이지 않는 느낌이야. 창밖에 아무것도 보이지 않을 때, 비행기에는 파일럿이 밖을 보지 않고도 바깥 상황을 알 수 있도록 도와주는 장비가 있어. 근처에 다른 비행기나 높은 산, 위험한 비구름 등이 있는지 알려 주는 계기판이지.

어렸을 때 '코끼리 코 돌기' 놀이를 해 본 적 있어? 코끼리 코를 한 채로 수그려 열 바퀴쯤 뱅글뱅글 돌면 똑바로 걸을 수가 없잖아. 그건 귀에 있는 달팽이관이 헷갈려해서 그런 거래. 달팽이관은 내 몸이 왼쪽으로 기울어졌는지 오른쪽으로 기울어졌는지 균형을 알려 주는 역할을 해. 그런데 바닥만 쳐다보고 도니까 달팽이관이 헷갈려하는 거지. 구름 속에서 시야가 안 보이면 마치 코끼리 코 돌기를 한 것처럼 달팽이관이 착각한다고 해. 그래서 비행기가 수평으로 날고 있는데 기울어졌다고 착각하거나, 기울어져 있는데 똑바로 날고 있다고 착각하는 거지. 예를 들어, 여러 겹으로 겹쳐 있는 구름이 눈에 보인다고 해 볼게. 사선으로 비스듬한 구름의 라인이 보이면 사람은 본능적으로 그 라인이 수평선이라고 여겨. 사실 사선인데, 평평한 수평선으로 착각하는 거지. 그래서 자연스럽게 그 라인에 맞춰서 몸을 점점 기울이게 된대. 그러니까 구름 속에서 창밖을 보고 비행한다는 것은 아주 위험한 일일 수밖에 없겠지?

여객기를 모는 파일럿은 계기판만 보고도 비행할 수 있도록 훈련받는데, 이것을 계기 비행이라고 해. 여객기 파일럿 15년 차인 지금이야 밖을 보고 비행하는 시계 비행보다 계기 비행이 익숙하지만, 처음엔 어색했어. 모의 비행 장치에서 재연한 구름 속에서 밖을 보고 비행할 때였어. 나는 수평으로 비행하고 있다고 생각했는데, 비행기에서 경보음이 울리는 거야. 각도가 너무 많이 기울어졌다는 거였어. 경보음은 기울기가 45도 이상 되었을 때나 울리는 건데 말이지.

비행기는 3차원 공간에서 움직이잖아. 지상에서 코끼리 코 돌기를 한 사람은 좌우로만 갈팡질팡하겠지만, 비행기에서는 그것보다 훨씬 심각해. 상하좌우로 방향과

균형을 잃기 때문이지. 그러다 보면 작은 착각이 큰 사고로 이어지는 것은 아주 순식간이야. 실제로 미국의 존 F. 케네디 대통령의 아들도 계기 비행을 배우지 못한 상태에서 비행하다가 사고를 당하고 말았어. 계기 비행 파일럿 면허가 없는 사람은 맑고 좋은 날씨에만 비행하도록 법으로 정해져 있어. 하지만 날씨라는 게 좋다가도 갑자기 구름이 끼고 비가 올 수 있는 거잖아. 그날도 그랬던 모양이야. 예상치 못하게 구름 속으로 들어가서 사고를 당했던 거지. 38살이라는 젊은 나이에 존 F. 케네디 주니어는 안타깝게도 목숨을 잃고 말았어.

계기 비행을 훈련받은 파일럿은 계기판만 보고도 비행기가 좌측으로 돌고 있는지 우측으로 돌고 있는지, 상승 중인지 하강 중인지 알 수 있어. 비행기가 기울어졌는지, 수평으로 바르게 날고 있는지 알 수 있지. 가끔 내 감각이 계기판과 반대로 느낄 때가 있는데, 그럴 때 파일럿은 전적으로 계기판을 믿고 비행해. 계기판도 기계인데 고장이 나거나 오차가 생길 수 있지 않냐고? 물론 그럴 수 있지. 그래서 여객기에는 같은 정보를 주는 계기판이 여러 개야. 중요도에 따라 어떤 것은 두 개, 어떤 것은 세 개도 있어. 하나가 고장이 나서 잘못된 정보를 주더라도 다른 하나는 제대로 된 정보를 파일럿에게 알려 줄 수 있도록 말이지.

계기판으로는 비행기의 기울기뿐만 아니라 고도나 속도, 항로 앞에 펼쳐진 비구름 같은 것들도 볼 수 있어. 비행기 맨 앞에 코처럼 볼록 튀어나온 부분을 본 적 있지? 거기에 기상 레이더라고 하는 게 있어. 말 그대로 기상 정보를 측정하고 알려 주는 기계야. 레이더가 측정한 정보가 계기판에 나오지.

계기판에 뜨는 구름은 꼬불꼬불하고 알록달록해. 모양과 색깔을 보면 그 구름이 얼마나 위험한지 알 수 있어. 녹색, 노랑, 주황, 빨강, 자주색 이렇게 구분되어서 뜨거든. 녹색은 비가 오고 있는 곳이지만, 그곳으로 비행기가 지나간다고 해도 위험성이 작아. 하지만 만약 빨강색으로 간다면 비행기가 아주 심하게 흔들릴 수 있고, 번개의 위험도 있지. 자주색으로 표시된 곳은 주로 빨강색이 있는 곳에 겹쳐서 표시되는데, 기체의 흔들림이 아주 심한 곳이야. 파일럿은 기상 레이더를 보고 조금이라도 위험한 구름 같으면 되도록 피해서 다녀. 어느 쪽으로 피해 갈 건지, 얼마나 돌아서 갈 건지, 고도를 올라갈 건지 등 어떤 방법으로 위험한 구름을 피할지 계획을 세우지. 어떤 때는 이쪽으로도 저쪽으로도 피해 갈 수 없는 상황이 생기기도 해. 정말 막막하지. 그럴 땐 무선 교신을 통해 다른 파일럿에게 도움을 구해. 앞서 지나간 다른 파일럿의 조언을 듣는 거지. 레이더가 보여주는 정보는 가능성에 대한 예고이지만, 실제로 겪은 사람의 정보는 사실이니까. 먼저 간 파일럿에게 어떻게 뚫고 갔는지, 위험은 어느 정도였는지 물어보는 거지. 그리고 앞으로 내가 어떤 선택을 하면 좋을지 결정하는 데 참고하는 거야.

계기판으로 내 비행기 주변에 있는 다른 비행기도 볼 수가 있어. 그 비행기의 고도와 진행 방향도 알 수 있어. 그래서 혹시라도 내 비행기와 같은 시간에 같은 고도에서 마주치지는 않을지 미리 알 수 있지.

비행기가 높은 순항 고도에서 날 때 얼마나 빠른지 알

아? 자동차의 속도로 말하자면 시속 약 1,000킬로미터 정도야. 그런데 만약 두 비행기가 서로 반대 방향에서 마주 보며 날아오고 있다고 생각해 봐. 시속 약 2,000킬로미터의 속도로 순식간에 지나가 버리겠지. 계기판에서 약 20킬로미터 앞에서 날아오는 비행기가 있을 때 육안으로 찾으려고 하면 눈 깜짝할 사이에 지나가 버리곤 해. 물론 보통 서로 다른 고도에서 날고 있기 때문에 충돌의 위험은 거의 없어. 그런데 가끔 고도를 변경하는 등 특이한 경우가 있어서 충돌의 위험이 전혀 없는 것도 아니야. 파일럿은 계기판을 통해서 눈으로 볼 수 없는 것을 미리 보고, 앞으로 벌어질 일을 예상할 수 있어. 대처 방법을 생각하고, 준비할 수 있지. 두 비행기가 충돌하지 않고 각자의 루트를 잘 비행할 수 있도록 말이야.

고속도로에서 자동차를 운전하다가 심한 안개를 만난 적이 있어. 자동차가 갑자기 짙은 안개 속으로 들어가면서 앞이 하나도 보이지 않아 당황스러웠어. 자동차에도 비행기처럼 계기판 시스템이 있다면 당황하지 않았을 텐데 말이지.

그런데 우리 삶도 마찬가지가 아닐까? 나는 방향을 잃어 혼란스러울 때면 나에게도 인생의 계기판이 있으면 좋겠다고 생각해. 파일럿은 아무것도 보이지 않는 비구름 속에서 기상 레이더와 계기판에 의존해서 비행해. 그리고 무선통신으로 앞서간 파일럿에게 도움을 요청하고, 어떻게 지나갔는지 조언을 듣지. 내 길을 찾는 데 도움을 받는 거야.

비행기 계기판에 뜨는 알록달록한 구름 모양은 기상 레이더가 나에게 보여 주는 그림일 뿐이야. 구름을 직접 내 눈으로 보고 있는 것은 아니지. 거기에 그런 구름이 있다고 알려 주는 참고서 같은 거지.

내가 믿고 의존할 수 있는 나의 계기판은 무엇일까? 예상하지 못한 일로 당황스러울 때, 머리가 복잡할 때, 어떻게 해야 좋을지 몰라서 온 세상이 깜깜하게 느껴질 때가 있잖아. 이렇게 하면 좋을지, 저렇게 하면 좋을지 모르겠을 때가 있잖아. 내 선택이 잘한 선택인지, 내가 보지 못

한 것은 없는지, 놓치고 있는 것은 없는지 도통 알 수 없을 때 말이야. 마음이 복잡하고 정신이 하나도 없을 때, 무엇이 나의 계기판이 되어 줄 수 있을까? 가만히 생각해 보자. 나의 계기판은 가족이 아닐까? 나를 이끌어 주는 선생님이 아닐까? 방황할 때 나에게 바른 길을 알려 주는 계기판은 누구일까? 생각한 대로 잘되지 않아서 포기하고 싶을 때, 조금만 더 참고 앞으로 나아가면 깜깜한 비구름을 뚫고 지나갈 거라고 알려 주는 기상 레이더 같은 존재는 누구일까?

미국에서 학교에 다니고 있을 때 나에게 계기판은 비행 교관, 학교 선배, 동기들이었어. 내 담당 교관은 나탈리라고 하는 여자 교관이었는데, 학교에서도 깐깐하기로 소문난 야무지고 똑 부러진 교관이었어. 어느 날 이론 수업 담당 교관을 대신해서 나탈리가 수업에 들어오게 됐어. 원래 내 담당은 남자 교관이었는데, 나탈리의 카리스마 넘치는 수업을 듣고 나는 첫눈에 반했지. 그녀의 말 한마디마다 신뢰감이 들었고, 그녀가 하라는 대로만 하면 모두 극복할 수 있을 것 같았어. 마치 어둠 속에서 의존할 수 있는 계기판처럼 느껴졌지. 수업 끝에 나탈리는 이렇게 말했어.

"혹시 오늘 수업과 관련이 없어도 비행과 관련해서 물어보고 싶거나 조언이 필요한 것이 있다면 무엇이든 물어보세요."

그때 마침 착륙이 잘 안돼서 힘들었던 나는 '기회다!'라는 생각에 바로 물어봤어.

"착륙할 때 교관이 지목한 곳에 정확히 착륙하는 것이 잘 안돼요. 어떻게 하면 좋을까요?"

나탈리는 기다렸다는 듯이 칠판에 그림을 그려 가며 하나하나 순서대로 설명해 주었어. 그녀는 내가 잘 이해하고 있는지 확인한 뒤에 다음 설명으로 넘어갔어. 나는 그런 나탈리가 내 비행 교관으로 적격이라고 생각했고, 그녀의 말이라면 뭐든 전적으로 따르고 싶었어. 그래서 그 길로 바로 사무실로 달려가 비행 교관을 나탈리로 바꿔 달라고 말했어. 그런데 이게 웬일? 나탈리와 함께 비행하는 것은 생각보다 많이 힘들었어. 깐깐하고 완벽주의인 나탈리에게 늘 혼나기 일쑤였거든. 나는 나탈리가 너무 칭찬에 인색하다고 생각했어. '이만하면 오늘은 칭찬을 듣겠구나!'라고 생각했던 날도 나탈리는 여지없이 마음에 들지 않는 점을 찾아내서 야단치곤 했어. 그러던 어느 날 쌓인 설움이 복받치며 폭발해 버리고 말았어. 나는 나탈리 앞에서 엉엉 울면서 대들었어.

"내가 그렇게 못해? 나는 잘하는 게 하나도 없어? 하나쯤은 칭찬해 줘도 되지 않아?"

그러자 나탈리도 나와 함께 울면서 말했어.

"우리 여성들은 남성과 똑같이 잘하면 안 돼. 우리는 남성보다 더 잘해야 비로소 잘한다는 소리를 들을 수 있어. 네가 못해서 야단치는 게 아니라 네가 더 잘할 수 있다는 것을 알아서 그러는 거야."

비행 브리핑실에서 두 여자가 엉엉 울고 있으니 지나가던 동료들이 창문으로 흘깃흘깃 들여다봤어. 그 일이 있고 나서 나는 나탈리의 말이 무슨 뜻인지 곰곰이 생각해 봤어. 그리고 나탈리의 가르침을 따르자고 결심했어. '이만하면 됐다!'라고 여기는 내 기준을 높일 수 있을 거라고 생각했거든. 그러고 나니 더 이상 나탈리의 완벽주

의가 야속하게 느껴지지 않았어.

그 당시 같은 아파트 단지에는 우리 학교의 비행 교육생이 많이 살고 있었어. 내가 힘들어할 때마다 선배들은 "나 따라해 봐! I can do it! I am a good pilot!"이라고 외치며 내 자신감을 되찾아 주려고 했어. 선배들의 응원에 웃음이 나면서도, 그들의 노력을 헛되게 하지 않도록 더 열심히 하고 싶었어. 여기서 무너지지 않고, 힘들어도 다시 일어나 그들을 따라가겠다는 의지가 마구 생겨났어.

비행기에도 만약을 대비해 같은 계기판이 여러 개 있듯이 우리에게도 계기판이 여러 개 있다면 좋지 않을까? 우리의 선택에 도움을 주는 길잡이가 한 개보다는 두 개, 두 개보다 훨씬 더 많다면 판단을 더 잘할 수 있을 거야.

나보다 앞서간 파일럿은 누가 있을까? 위험한 구름을 보여 주는 참고서는 무엇일까? 내가 꿈꾸는 길을 먼저 지나간 이들이 먹구름을 알려 줄 파일럿은 아닐까? 그들의 경험이 나에게 참고서가 되지 않을까?

믿고 의지할 수 있는 계기판이 있다는 건 아주 굉장한

첨단 장비를 가지고 있는 것과 같아. 계기판을 잘 활용해서 물어보고, 들어 보고, 참고해서 계획을 세워 봐. 물론 기수를 어느 쪽으로 돌릴 건지는 네 인생의 기장인 너의 결정이지만, 계기판은 분명히 도움이 될 거야.

경쟁만이
살길이라고?

중학교 2학년 때 절친이 있었는데, 그 친구는 중학교가 있는 이천 시내에 살았어. 나는 시내 버스를 30분 정도 탄 뒤 또다시 30분 정도를 걸어 들어가야 하는 시골 마을에 살았어. 마침 그 친구네 집이 버스 터미널 바로 앞에 있었지. 그래서 학교를 마치면 그 친구 집에 가서 한두 시간 뒹굴뒹굴 놀다가 집에 가곤 했어. 우리는 종이에 이런저런 낙서를 끄적였어. 그 당시 인기 있던 시인의 시에 우리 이야기를 붙여서 적기도 하고, 사람인지 동물인지 알 수 없는 캐릭터를 그리기도 했어. 대충 내용은 이런 것들이었어. '우리 커서도 지금처럼 변치 않는 친구로 남자.

우정이 최고! 우정밖에 없다! 우정이 어쩌고……' 나중에 이사를 여러 번 다니면서도, 그 낙서가 들어 있는 스크랩북을 가지고 다녔어. 성인이 되어서 그 글들을 읽으니 그렇게 유치할 수가 없었어. 중학교 2학년이 마치 세상을 다 아는 것처럼 굴고 있으니까. 그런데 그때는 진짜 그런 마음이었어. 세상을 다 아는 것 같았어. 그리고 친구만큼 나를 이해해 주고 알아주는 사람이 없었어. 가족보다 친구가 좋았고, 친구가 세상의 전부였어.

그 친구는 나에게 보물 같은 존재였어. 반듯하고, 착하고, 예쁜 친구였어. 나는 그 친구를 닮고 싶었어. 그만큼 너무나 좋은 아이였어. 학년이 올라가서 우리는 중학교 3학년이 되었어. 다행히 3학년이 되어서도 우리는 같은 반이었어. 그래서 서로 너무 기뻐했지. 새 학기를 위해 학용품을 사야 했는데, 나는 내 것보다 그 친구에게 줄 선물을 먼저 골랐어. '이런 걸 사 주면 좋아하겠다'라는 상상을 하면 내 물건을 사는 것보다 더 행복했어. 친구가 하고 싶은 게 있으면 나는 늘 함께했어. 학교에서 집에 가는 길에 파랑파랑이라는 분식집이 있었는데, 우리는 학교를 마치면 자주 그곳에 들렀어. 누구 한 명 돈이 없으면 다른 한 명이 돈을 내주었지만 하나도 아깝지 않았어. 우리는 뭐든 같이 하는 게 너무 좋고 행복했어. 그 친구는 언제나 내 1순위였어.

친구는 나보다 학교 성적이 좋았어. 그런데 유일하게 내가 더 잘하는 게 하나 있었지. 그건 바로 미술이었어. 그래서 가끔 학교를 마치고 같이 숙제를 할 때 나는 친구의 미술 숙제를 도와주고, 친구는 내 수학 숙제를 도와줬어. 우리는 서로 죽고 못 사는 둘도 없는 친구였어. 친구, 친구, 또 친구. 오로지 친구뿐이었지.

시간이 흘러 우리는 같은 여자 고등학교에 입학했지만, 반이 갈렸어. 여전히 사이가 좋았지만 예전처럼 학교를 마치고 집에서 함께 노는 일은 없었어. 각자 시간표가 달라진 거지. 그리고 차차 각자 반에서 친한 친구가 생겼어. 조금씩 그 친구와 나는 서로를 찾는 일이 줄었어. 고등학교 2학년 때 우리는 다시 같은 반이 되었지만, 예전 같은 느낌이 아니었어. 1년간 서로에게 소원했던 탓인지 서먹함이 느껴졌어. 게다가 그 친구에게는 1학년 때 친해진 다른 친구가 반에 함께 올라왔어. 그래서 나는 그 친구에게 더 이상 첫 번째가 아닌 것 같았지. 새로 사귄 친구가 나보다 공부도 잘하고 예뻐서 좋아하는 거라고 생각했어. 같은 교실에서 그 둘이 친하게 지내는 모습을 보면 서운하고 질투가 났어. 그런 내 마음을 들키고 싶지 않아서 일부러 다른 친구와 더 어울려 지냈지. 그러면서 이제 더 이상 친구의 기쁨은 나의 기쁨이 아니게 되었어. 친구가 좋은 성적을 받으면 기뻐해야 하는데 그러지 못했어. 마음이 예전 같지 않았어. 서운함과 미워하는 마음이 섞였어. 나는 그 친구를 내 마음에서 밀어내려고 했어. '어차피 입시 앞에서 우리는 경쟁자'라고 스스로 세뇌하면서 말이지.

그 무렵 나는 미술 대학에 가기 위해서 입시 미술 학원에 다니기 시작했어. 그 친구는 문과 대학을 가기 위해 준비하면서 서로 진로가 갈리게 되었지. 정규 수업을 마치면 그 친구는 교실에 남아서 자율 학습을 했고, 나는 미술 학원에 갔어. 우리는 점점 더 함께하는 시간이 없어졌어.

지금 생각해 보면 서로 진로 방향이 달라서 다행이었

는지도 모르겠어. 시간이 겹치지 않으니 내가 그 친구를 미워할 일이 없었거든. 질투 나는 모습을 볼 일도 없었지. 그리고 내 경쟁자라고 생각하는 일도 더 이상 없었어.

그때 만약 진로 방향이 갈리지 않았다면 우리의 관계는 어떻게 되었을까? 내가 그 친구를 성적으로 따라잡으려고 노력했을까? 그 친구에게 다른 친한 친구가 있다는 걸 쿨하게 받아들였을까? 아니면 나는 그냥 그 친구를 샘내는 것 말곤 아무것도 못 했을까? 그러다가 그 친구를 점점 더 미워하게 되진 않았을까? 솔직히 그 친구와 더 불편해졌을지도 모른다는 생각이 들어. 오히려 평소에 친하지 않았던 친구보다도 못한 관계가 됐을지도 몰라. 친구이기 전에 밟고 올라서야 하는 경쟁자로만 생각했을지도 몰라. 한때는 서로 그렇게 죽고 못 사는 친구였는데 말이지. 그때의 나는 누군가를 배려하고 이해할 수 있는 마음의 여유가 없었어. 미래에 대한 걱정만으로도 늘 위태위태하고 불안했으니까.

경쟁은 어디서나 일어나는 것 같아. 세상은 혼자서만

살아갈 수 없기 때문이야. 여럿이 함께 살다 보면 순위가 생기고, 자연스럽게 경쟁이 일어날 수밖에 없어. 어른이 되어서도 마찬가지야. 우리는 끊임없는 경쟁 속에서 살고 있어. 하지만 경쟁이 무조건 나쁜 것만은 아니야. 경쟁이 있기 때문에 우리는 목표를 정하잖아. 그 목표를 이루기 위해서 끊임없이 노력하고 공부하잖아. 그래서 우리 사회가 멈추지 않고 발전해 나가는 게 아닐까?

파일럿의 세계에는 기장과 부기장이라는 직위가 있어. 부기장은 하루빨리 기장이 되려고 경쟁해. 보통 조종실 안에는 기장과 부기장 둘이 앉아서 비행해. 간혹 뒷자리에 세이프티 파일럿이 추가로 앉는 경우가 있어. 세이프티 파일럿은 비상 대비 파일럿이라고 생각하면 돼. 부기장이 아직 온전한 부기장이 아니고, 교육을 받고 있는 경우 세이프티 파일럿이 필요해. 만에 하나 생길지도 모르는 위험한 일에 대비해서 부기장 한 명이 뒷자리에 앉아서 대기하는 거야. 그러면 조종실에는 세 명이 앉는 거지.

항공사에는 다양한 배경을 가진 파일럿들이 들어와. 그중에는 공군에서 전역한 분도 다수 있지. 공군은 조직

특성상 기수에 따른 서열이 훨씬 엄격한 것 같아. 그런데 간혹 후배가 선배보다 일찍 전역해서 먼저 민간 항공사에 입사하는 경우가 있어. 그러다 보면 항공사 입사로는 선후배의 서열이 뒤바뀌게 되는 거지. 공군 후배가 먼저 기장이 되어서 공군 선배를 부기장으로 교육시켜야 하는 애매한 상황이 생기는 거야. 그럴 땐 대체로 미묘한 신경전이 벌어져.

내가 바로 그런 비행에 세이프티 파일럿으로 갔던 적이 있어. 그날 기장이 공군 후배였고, 교육생인 부기장이 공군 선배였어. 아무리 공군에서 전투기 비행 경력이 더 많았더라도 항공사 여객기는 완전히 다르기 때문에 초심으로 돌아가서 배워야 하거든. 나는 '아, 오늘 비행은 분위기가 참 불편하겠구나!' 하고 내심 걱정했어. 내가 후배에게 교육받는 부기장이라면 자존심이 상할 것 같았어. 그런데 내 걱정은 쓸데없는 것이었어. 그 부기장은 처음부터 끝까지 차분하게 수업을 받았어. 공군에서는 비록 자신이 선배였지만, 지금은 제자로서 기장을 존중했어. 시종일관 존댓말을 하면서 깍듯하게 예의를 지켰지. 나는 그날 그 부기장의 마음가짐과 자세를 보고 느낀 게 많았어. '아, 선배가 먼저 자세를 낮추니 후배가 선배를 존경할 수밖에 없구나!' 두 사람의 분위기가 불편하지 않으니 모든 게 순조롭게 진행되었어. 그날 비행은 내 우려와 다르게 무척 즐거운 비행이 되었지.

"선배님, 오늘 안전 비행 감사드립니다. 습득이 무척 빠르십니다. 아주 잘하고 계세요. 앞으로 이 부분만 더 보강하면 좋겠습니다."

기장도 확실한 응원과 격려로 부기장의 사기를 북돋아 줬어. 너무 보기 좋은 모습이었어.

"네, 기장님. 부족한 점은 언제든지 지적해 주십시오. 고쳐 나가도록 하겠습니다."

부기장이 후배를 대하는 모습은 일반적인 선배의 태도로는 보이지 않았어. 자존심이 상할 법도 한데 그런 모습은 보이지 않았어. 오히려 초심으로 돌아가 낮은 곳에서부터 다시 시작하겠다는 자세만 보였지. 나는 그 부기장을 닮고 싶다고 생각했어. 지금도 내가 존경하는 분들 중 한 명이지. 결국 불편한 진실을 해결하는 방법은 서로 존중하는 태도였어. 서로의 입장이 되어 상대를 대한다면 불편할 수 있는 신경전도 아름다운 경쟁이 될 수 있는 것 같아.

항공사는 24시간 동안 멈추지 않고 돌아가. 파일럿, 승무원, 정비사, 공항 지상 직원, 종합 통제실, 기내 청소원 등 여러 부서의 근무자들은 교대로 근무를 해. 바통 터치가 잘 되려면 좋은 분위기에서 서로 협조해야 하지. 경쟁 사회에서 관계의 톱니바퀴가 부드럽게 잘 돌아가려면 선의의 경쟁, 진심 어린 칭찬, 확실한 응원과 격려가 꼭 필요한 것 같아.

어른이 된 나는 이런저런 사회 경험을 쌓으며 십 대 때보다 많이 성숙해진 것 같아. 사람과의 관계에서 무엇이 중요한지, 무엇이 먼저인지 생각하게 됐지. 다른 사람을 이해하는 마음도 그때보다 넓어졌고 말이야.

객관적으로 십 대의 나를 바라봤어. '어떤 나였으면 좋을까?' 하고. 내 친구가 다른 친구와 친하게 지내는 모습에 질투하기보다 먼저 다가가서 말을 거는 나였으면 좋겠어. 친구의 성적에 샘내기보다 진심으로 축하해 주는 대인배 같은 나였으면 좋겠어. 열심히 준비해서 좋은 성과를 낸 친구에게 아낌없는 칭찬을 해 주는 나였으면 좋겠어. 누군가 미워지면 계속 생각이 나고 기분이 언짢잖아? 그래서 금방 지치고 피곤해지지. 그 에너지를 자신을 위해서 노력하는 데 쓰면 좋겠어. 선의의 경쟁을 통해서 더 발전하는 나였으면 좋겠어. 그때는 그러지 못했지. 내 마음의 폭이 그렇게 넓지 못했으니까. 한 해 한 해 시간이 지나고, 경험이 쌓이면서 사람에 대한 이해의 폭은 한 뼘씩 커지는 것 같아. 그러니까 너무 조급해하지 말고, 어떤 사람이 되고 싶은지 찬찬히 한번 생각해 봐. 어떤 나이면 좋을까?

부딪히지 않고
날 수 있을까?

해외 여행을 하고 한국에 돌아올 때 세관 신고서를 써 본 적 있어? 혹시라도 반입 금지된 물건이 없나 확인하려고 세관에서 수하물을 검사하잖아. 주로 마약이나 위험물, 신고해야 하는 고가의 물품이 있는지 검사하지만 '외국 농축산물을 가져오면 안 돼요!' 이런 문구를 본 적 있을 거야. 외국에서만 서식하는 식물이 들어왔다가 한국 토착 품종에 나쁜 영향을 주거나, 병충해가 퍼질까 우려돼서 그런 거지. 그런데 생선류나 해산물처럼 바다에서 나는 음식물은 괜찮아. 왜 그런지 알아? 물고기는 나라의 경계 없이 전 세계 바다를 자유롭게 돌아다닐 수 있기 때

문이래. 재밌지? 그렇게 생각하면 바다뿐 아니라 하늘도 전 세계가 하나로 연결되어 있잖아. 바람도 구름도 국경 없이 지나다니고, 철새들도 자기들 마음대로 이 나라 저 나라를 드나들지. 항공기는 각자 소속된 국가는 있지만, 하늘을 나누어 쓰며 비행해. 물론 각 나라마다 영공이 정해져 있지만, 그 영공을 서로 자유롭게 지나다니기 위해 국제 협정이 맺어져 있어. 다양한 국적의 파일럿과 관제사가 서로 소통을 잘하는 비결이 뭔지 궁금하지 않아? 그리고 그 많은 비행기가 같은 하늘을 제각기 다른 방향으로 날아다니면서 부딪히지 않는 것도 신기하지? 그 비결은 바로 양방향의 소통을 잘하고, 약속과 규칙을 잘 지키는 거야. 서로의 입장이 되어서 배려하고 돕는 마음 때문이지. 지금 그 이야기를 해 볼까 해.

파일럿은 각자 모국어가 무엇이든 모두 공통어인 영어를 사용해. 그런데 파일럿이 쓰는 영어는 일반적인 회화와는 조금 달라. 항공 영어라고 부르는데, 전 세계의 하늘을 비행하는 파일럿들이 사용하도록 만들어진 특수 영어라고 생각하면 돼. 기본적으로 영어에 기반을 두고 있지만, 굉장히 간략화되어 있고 생략된 것이 많아. 여러 국적의 파일럿들이 원활히 소통하기 위해 최대한 간결하게, 꼭 필요한 말만 축약한 거지. 항공 영어는 일반적인 영어 문법을 사용하지 않아. 영어를 잘한다고 뽐내거나 공손하게 하려고 길게 말한다면 항공업계에서는 오히려 영어를 못하는 사람이 되어 버릴 수 있어. 규정되어 있는 스탠더드 용어를 사용해야 해.

"Would you please say that again?"

일반적인 회화에서는 이렇게 공손하게 말하지만, 항공 영어는 아주 간단명료해.

"Say again?"

무척 버릇없이 들리겠지만 이게 스탠더드 항공 영어야. 아마 비행기가 나오는 영화에서 들어본 적이 있을 거야. Yes라는 말 대신 Affirmative라고 하고, No라는 말 대신 Negative라고 해.

관제사가 파일럿에게 고도나 항로 변경과 같은 지시를 할 때, 파일럿은 관제사의 지시 내용을 듣고 곧바로 행동하면 안 돼. 지시 사항을 들었을 때 "알겠다"라고 바로 대답해서도 안 돼. 행동하기 전에 무엇을 알았다는 건지, 내가 들은 내용이 무엇인지 관제사와 반복해서 말하며 확인해야 해. 만약 내가 잘못 이해했다면 관제사는 바로 "Negative"라고 말하고 처음부터 다시 지시해야 해. 그러면 파일럿은 이번에도 들은 내용을 반복해서 말해야 하지. "Affirmative"라는 말로 맞다고 확인될 때까지 반복해서 교신해야 해. 어느 한쪽이 일방적으로 말하고 끝나는 게 아니라 서로 소통하는 거지. 그래야 문제가 생기지 않을 테니까.

숫자를 읽는 방법도 일반적인 영어와 약간 달라. 숫자 9를 나이너(Niner)라고 읽고, 3을 스리(Three)가 아닌 트리(Tree)라고 읽지. 이런 것들은 항공 영어에서 정해져 있는 약속이야. 다양한 국적의 파일럿이 서로 헷갈리지 않고 원활하게 소통할 수 있도록 만들어진 규칙이지.

하늘에는 우리 눈엔 보이지 않지만 비행기가 다니는 항로가 있어. 비행기가 복잡한 하늘길을 서로 부딪치지 않고 잘 다닐 수 있는 이유는 모두가 약속한 규칙을 잘 지키기 때문이야. 그렇다면 하늘길은 어떻게 만들어지는 걸까? 기본적으로 고도가 낮은 곳에서는 가능한 한 사람이 많이 사는 도심은 피해 가도록 만들어져 있어. 김포 공항에서 북쪽으로 이륙하게 되면 공항의 오른편이 서울 도심이기 때문에 왼쪽으로 기수를 돌리도록 되어 있지. 사람이 많은 지하철역에서 환승할 때 우측통행 없이 아무렇게나 사람들이 오간다고 상상해 봐. 너무 위험하지? 서로 부딪쳐서 넘어지는 사람이 생길지도 몰라. 하늘에서도 우측통행하는 길이 있어. 서울에서 제주를 오가는 항로가 그렇지. 항로가 두 줄로 되어 있어. 서울에서 제주로 가는 비행기는 서쪽 줄을 따라 내려가고, 제주에서 서울로 가는 비행기는 그 줄에서 약 13킬로미터 정도 동쪽으로 떨어진 줄로 올라오는 거야.

비행 고도도 비행기가 가는 방향에 따라서 홀수와 짝수 고도로 나눠져. 360도 중에서 0~179도까지는 홀수 고도, 180~359도까지는 짝수 고도 이런 식으로 말이야. 비행기는 피트를 고도 단위로 사용하거든. 그래서 서울에서 제주로 가는 비행기는 짝수 고도로, 제주에서 서울로 가는 비행기는 홀수 고도로 비행하고 있어. 이런 규칙은 국제 항공법으로 전 세계가 똑같이 지키고 있어. 하나의 하늘을 안전하고 효율적으로 함께 쓰기 위해 규칙을 만들고 지키는 거야. 둘 이상의 집단에서 의사소통을 위해 언어가 만들어진 것과 비슷한 원리지. 그러니까 만약 규칙이 잘 지켜지지 않으면 아주 큰 사고로 이어질 수 있겠지.

혹시 부모님과는 대화가 안 된다고 생각해 본 적 있어? '말해 봤자 소용없고 대화도 안 통하니까 차라리 안 하는 게 낫다. 말해 봐야 서로 기분 나쁘고 다투기만 한다'라고 생각해 본 적 있어? 나는 그랬어. 그래서 나는 아버지와 정말 대화가 없었어. 아버지는 내가 하고 싶은 일에는 전혀 관심이 없고, 늘 반대하기만 했어. 반대 의견을 듣느니 차라리 내가 알아서 하는 게 낫겠다고 생각했지. 그런데 어느 정도 시간이 지난 뒤 아버지와 얘기하다가 나는 깜짝 놀랐어. 우리 아버지가 이렇게 수다쟁이였는지 몰랐거든. 연세가 90이 넘은 아버지가 이제야 나하고 마주 앉아서 귀가 아플 정도로 말하셔.

"예전에 강남 일대는 다 논밭이었는데……."

어릴 적에 고생했던 이야기부터 이렇게 세상이 살기 좋아졌다며 나라의 경제와 문화 성장에 대한 감탄으로 끝나는 레퍼토리. 나는 이 나이 돼서야 아버지와 눈을 맞추고 이야기를 듣고 있었어. 문득 그런 생각이 들었어. 언어와 문화가 다른 외국 관제사, 파일럿들과는 그렇게 소통을 위해 노력했으면서 왜 정작 아버지의 이야기는 들어 보려고 하지 않았을까? 왜 가족에게는 마음을 닫아 버렸을까? 관제사와는 확인에 확인을 거듭하며 내 의사를 전달하고 이해시키면서 왜 아버지와는 눈도 마주치지 않으려고 했을까?

사춘기 때는 아버지 말은 내 관심 밖이니까 듣고 싶지 않았어. 그리고 아버지가 내 이야기를 들어주지 않으니 마음의 문을 닫아 버렸지. 직장 상사한테는 어떤 모진 말을 들어도 잘 참으면서 가족한테는 버럭 화를 내고 마는 것과 비슷한 마음이겠지? 함께한 시간이 많아 훨씬 대화

하기 쉬울 수 있는데 나는 방문을 쾅 닫고 들어가 버렸어. 하늘이 하나인 것처럼 내 가족도 하나라는 것을 나는 미처 생각하지 못했어.

안전한 비행이 서로에 대한 이해에서 시작하는 것처럼 행복한 관계도 소통과 이해에서 시작하는 게 아닐까? 우리 사회도 마찬가지야. 우리는 학교에서 학업을 배운다고 생각하지만, 사실은 그보다 더 중요한 것을 배워. 수학 문제, 영어 문제를 잘 푸는 것보다 중요한 건 어떻게 함께 잘 살아갈지 배우는 거야. 사람과 사람이 함께 살아가는 방법을 배우는 거지. 다양한 사람과 함께 잘 지내기 위해 규칙과 질서, 소통하는 방법을 배우는 거야. 더 넓은 세상에 나갔을 때 잘 적응할 수 있도록 연습하는 거지. 물론 그 과정이 쉽지는 않을 거야. 상처받기도 하겠지. 특히 친구 관계 때문에 어렵고 힘들지도 몰라. 친구는 부모님처럼 나를 무조건 이해해 주려고 하지 않거든. 하지만 관계에서 꼭 필요한 것은 바로 소통과 이해야. 일방적인 지시나 명령이 아닌 서로 간의 대화 말이야. 대화가 잘 된다면 반 이상은 이미 성공한 거라고 생각해. 그다음은 함께 약속한 규칙을 잘 지켜 내는 거지. 서로 간의 신뢰를 만드는 거야.

지금 내가 속해 있는 가정과 학교라는 사회는 작아 보일 수 있어. 하지만 그 안에서 행복한 관계를 위해 노력하다 보면 서로 언어와 문화가 달라도 전 세계를 안전하게 비행하는 어른으로 성장할 수 있을 거야. 그런 너를 기다리고 있을게.

비행기
내려 주세요!

내가 직업이 파일럿이라고 하면 사람들은 종종 이런 질문을 해.

“자동차를 운전하는 것과 비행기를 조종하는 것이 많이 다른가요? 어떻게 다른가요?”

자동차와 비행기의 가장 큰 차이점은 비행기는 운항 중 기계에 문제가 발생하거나 승객에게 문제가 생겼을 때 멈출 수 없다는 거야. 자동차는 문제가 있으면 얼마든지 갓길에 잠시 멈춰서 확인할 수 있잖아. 하지만 비행기는 운항 도중에 멈춰 설 수가 없거든. 택시나 버스도 승객이 내리겠다고 하면 얼마든지 내려 줄 수 있어. 하지만 비행기는 운항 도중 재탑승할 수 없고, 중간에 내릴 수도 없잖아. 일단 승객이 탑승하면 아무리 내리겠다고 하더라도 "그러시죠!" 하고 내려 줄 수가 없어. 복잡하고 번거로운 과정을 거쳐야만 내려 줄 수가 있지. 왜 그런 거냐고? 다 보안과 관련되어 있어서 그래.

가령 어떤 승객이 비행기에 테러를 하려 한다고 상상해 봐. 비행기에 몰래 위험물을 남겨 두고 이런저런 핑계를 대서 내리겠다고 할 수 있잖아. 그래서 아주 복잡한 과정을 거쳐야지만 내릴 수 있어. 과정은 나라마다 항공법에 따라 조금씩 달라. 우리나라는 공항에 국가 정보원 요원이 상주하고 있어서 이런 상황이 발생했을 때 국가 정보원에게 보고해야 해. 그러면 요원이 비행기로 와서 상황을 파악하고 어떻게 할 것인지 결정하지. 만약 국제적인 행사나 스포츠 대회 등이 열리고 있는 때라면 보안 단계가 평소보다 훨씬 높아. 그런 때 그 승객이 수상하다고 판단되면 탑승했던 모든 승객이 짐을 챙겨서 비행기에서 내려야 해. 수상한 물건이 있는지 모든 좌석을 철저하게 조사해야 하거든. 그러려면 얼마나 많은 시간이 지체되겠어? 불만을 터뜨리는 승객도 분명히 생기겠지. 만약 요원이 심각한 사태가 아니라고 판단하면 모든 승객이 내릴 필요는 없어. 내리겠다고 하는 승객의 주변 자리만 확인하면 돼. 하지만 그것만으로도 꽤 출발이 늦춰지겠지. 그래서 아무리 비행기가 출발 전이라고 해도 이미 탑승한 승객이 내리겠다고 하면 기장 입장에서는 큰 부담일 수 밖에 없어.

내 비행기에서도 이런 일이 일어난 적이 있어. 그날은 다낭 국제공항에서 인천 국제공항으로 돌아오는 비행이었어. 새벽 3시쯤 다낭 공항을 출발해서 아침 8시쯤 인천 공항에 도착하는 항공편이었지. 비행기에 승객이 모두 탑승했고 출발 준비가 완료되었는데, 관제탑에서 한 시간 뒤에나 출발할 수 있다고 하는 거야. 우리가 지나가야 할 항로 중에 중국의 하이난 영공이 있는데, 거기서 교통을 통제하고 있어서 안 된다는 거였어. 보통 하늘 위에서 교통을 통제할 땐 공군이 특수 훈련을 하고 있거나, 전쟁 중이어서 미사일이 날아올 가능성이 있거나 하는 특수한 경우야. 그런데 그 새벽에 대체 무슨 일인지 중국은 걸핏

하면 하이난 상공을 통제했어. '시키면 시키는 대로 묻지도 따지지도 말고 따라라' 식의 통보였으니 이해가 안 가도 따를 수밖에 없었지.

나는 기장으로서 비행기가 지연된 이유에 대해 기내 방송을 해야 했어. 나도 지연 사유가 너무 일방적이라 이해가 안 되는데, 승객이라고 이해가 되겠어? 방송이 나가자마자 사무장이 다급한 목소리로 인터폰을 통해 연락해 왔어. 어느 아주머니 한 분이 문 닫힌 비행기에서 한 시간을 대기해야 한다는 말에 공황장애가 왔다는 거야. 그래서 그 승객이 발작을 일으키면서 난리 법석이 났다고 했어. 그곳은 한국 공항이 아니고 베트남 공항이었기 때문에 베트남의 항공법에 따라서 조치를 취해야 했어. 나는 다낭 공항에 있는 우리 회사의 지점장과 연락해서 공안에 연락을 취하도록 했어. 그런데 다낭 공항의 공안은 '기장의 판단에 따라 알아서 하라'였어.

'흠, 그렇다면 내가 이 승객과 가족이 거짓말을 하는 건지, 이분들을 내려 주지 않으면 위험한 일이 벌어질 수도 있는 것인지 판단해야 하는구나!' 기장이 직접 나가서 승객의 상태를 보는 건 말이 안 되는 일이었어. 기장이 직접 승객을 만나는 것은 회사 규칙상 금지되어 있거든. 만에 하나 극도로 예민해진 승객이 파일럿을 다치게 하면 운항을 못 할 수도 있기 때문이야. 그래서 사무장을 통해서 공황장애가 온 승객의 상태를 파악해야 했어. 상황은 생각보다 심각했어. 그분이 자리에서 이탈해 비행기 문 앞까지 나와 바닥에 쓰러진 거야. 입에 거품을 물고 발작을 일으키고 있다고 하니 기내의 응급 처치 키트로는 해결이 안 될 것 같았어. 그래서 내려 주고 앰뷸런스를 부르는 게 가장 좋은 방법이라고 판단했어. 함께 내릴 건지 물어본 뒤 우리는 일가족을 내려 주기로 했어. 그리고 그분들이 앉았던 자리와 주변 자리를 확인했지. 다낭 지점장이 와서 그분들을 데리고 가는 것으로 아수라장 같던 상황은 무사히 끝이 났어.

참 이상하지 않아? 나는 인천 공항까지 날아오는 동안 이런 생각이 들었어. 날고 있는 비행기에서는 다섯 시간도 여섯 시간도 괜찮은데, 왜 멈춰 있는 비행기에서는 단 한 시간도 기다릴 수 없는 걸까? 폐쇄된 공간에 갇혀 있다고 생각하면 극도로 불안해지는 이유는 뭘까? 의지와 상관없이 자신을 제어할 수 없는 이유는 뭘까? 같은 공간인데 과연 무엇이 다른 걸까?

비행을 마치고 집에 돌아와서 공황장애를 검색했어. 공황장애를 겪고 극복한 사람들의 이야기를 찾아보니 결국 생각의 병이라고 하더라고. 일어나지도 않은 일을 너무 걱정하다 보니 그게 습관이 되었다는 거야. 그래서 생각 끝에 걱정이, 걱정 끝에 불안이 불쑥불쑥 따라온다는 거지. 공황장애를 극복하는 방법에는 여러 가지가 있더라고. 어떤 사람들은 운동이나 산책을 하면서 시선을 환기하고, 또 어떤 사람들은 작은 목표를 달성해 성취감을 느끼는 방법으로 극복하더라고. 이때 너무 큰 목표를 설정하면 지키지 못했을 때 오히려 불안감이 심해지는 것 같아.

탑승했던 승객 중엔 회사로 출근하려는 사람, 여행을 가는 사람도 있었을 거야. 계획에 차질이 생기니 불만이 생긴 사람도 많았겠지. 공황장애에 대해 잘 몰라서 험담하는 사람도 있었을 거야. 공황장애를 앓고 있는 사람도 주변에 피해를 주고 싶어서 그랬을 리가 없는데 말이지. 공황장애는 몸에 난 상처처럼 눈에 보이는 게 아니잖아. 눈에 띄지 않으니 건강한 사람이 보면 이해가 잘 안 될 수도 있을 것 같아. 공황장애를 겪고 있는 사람은 참 괴롭고 힘들 텐데 말이야.

나는 어릴 때부터 비교적 몸이 건강한 편이었어. 그래서 감기 말고는 아파서 병원에 입원해 본 적이 없어. 어렸을 때는 호기심에 '기절을 하면 어떤 기분일까?' 궁금해한 적도 있어. 하지만 실제로 기절해 본 적은 없어. 그런데 어느 날 빈속으로 피트니스 센터에 운동을 하러 갔어. 트레이너 선생님은 내가 빈속이라는 것을 알지 못하는 상태였어. 그래서 평소처럼 고강도로 운동을 시켰어. 나는 평소처럼 운동을 했을 뿐인데, 운동하다 말고 갑자기 하늘이 노랗게 변하더니 그 뒤로는 아무것도 기억이 안 나는 거야. 순간 필름이 끊긴 거지. 나중에 정신이 들었을 때 나는 매트 위에 누워 있었고, 주변에는 사람들이 웅성웅성 모여 있었어.

"괜찮아요? 이제 정신이 좀 들어요? 시원한 물 좀 마셔 봐요."

트레이너 선생님은 내가 빈속에 고강도 운동을 해서 당이 떨어진 거라고 했어. 그래서 기절을 하고 만 거였지. 선생님이 내게 사탕을 건네줬어. 사탕을 먹고 나니 언제 그랬냐는 듯 건강한 나로 돌아왔어. '아, 내 의지와 상관없이 정신을 잃는다는 게 바로 이런 느낌이구나!' 하고 처음 알았어. 내가 겪고 나니 비로소 비행기에서 봤던 그분을 조금은 이해할 수 있을 것 같았어.

내가 어떤 경험을 했느냐에 따라 다른 사람을 이해하는 폭도 달라지는 것 같아. 다른 사람 때문에 불편한 상황이 생겼을 때, 내 가족이나 친구의 일이라고 생각하면 이해할 수 있지 않을까? 나에겐 아무렇지 않은 일이 그 사람에게는 큰일일 수 있잖아. 각자의 다양성을 존중하고, 서로 도우며 함께 살아가는 일은 참 중요한 것 같아.

내 승객은
내가 책임져

우리나라의 민간 항공사가 사용하는 여객기는 대부분 두 항공기 제조사에서 만들어졌어. 하나는 프랑스 회사인데, 에어버스라는 회사야. 다른 하나는 미국의 보잉이라는 회사야. 이 회사들이 만드는 여객기들 중 작은 비행기는 대략 150여 명의 승객이 탈 수 있어. 큰 비행기는 약 400여 명이 탈 수 있지. 백 명이 넘는 승객이 타는 큰 비행기에서 책임자는 단 한 명이라는 것, 대단하지 않아? 기장이라는 자리는 정말 책임감이 크고 어깨가 무거운 자리라고 생각해. 다른 사람의 목숨을 책임지려면 단 한 순간도 한눈을 팔거나 긴장을 놓으면 안 되거든.

비행할 때면 아찔한 순간이 종종 있는데, 그중 가장 긴장되는 순간은 악기상 속에서 날 때야. 얼마 전 아침 뉴스에서 우리나라 비행기가 필리핀 세부의 막탄 공항에서 활주로를 이탈하는 사고를 봤어. 기상이 좋지 않아 착륙을 세 번이나 시도했는데 바퀴가 미끄러지면서 활주로를 이탈한 거야. 이런 뉴스를 접할 때마다 악기상 속에서 힘들게 착륙했을 때가 떠올라.

우리나라에서 가장 인기가 많고, 연간 운항 편수가 세계 1위인 여행지가 어디인지 알아? 맞아, 바로 제주도야. 제주 공항은 하루 평균 480~490대의 비행기가 뜨고 내린다고 해. 대략 1분 30초 만에 한 대씩 뜨고 내린다는 얘기지. 그 제주 공항이 파일럿에게는 참 비행하기 어려운 공항이라는 거 알아? 지리적인 여건 때문에 파일럿에게는 아주 까다로운 곳이지. 제주도의 한가운데에는 우리나라에서 가장 높은 한라산이 있어. 바람이 불어오다가 한라산에 부딪히면 양쪽으로 갈라지게 돼. 양쪽으로 갈라진 바람은 제주 공항 활주로로 가지.

비행기는 맞바람을 맞으면서 이착륙하도록 설계되어 있어. 그런데 바람이 앞뒤에서 불게 되면 이쪽으로도 저쪽으로도 이착륙하기 어려워지는 거지. 심지어 한라산을 넘어온 바람은 강하고 예측하기 어려운 돌풍을 일으키기도 해. 방향이 일정하지 않고 사방에서 부는 바람을 돌풍이라고 하는데, 그런 상황에서 비행하는 것은 위험하고 어려울 수밖에 없어.

체크 라이드로 제주에 비행을 갔던 날이 생각나. 체크 라이드는 일종의 현장 비행 실기 시험이라고 할 수 있어. 파일럿은 자격을 유지하기 위해 많은 시험을 봐야 해. 그 시험 중 하나가 국토 교통부 소속 심사관이 조종실에 함께 타서 채점하는 이 시험이야. 만약 체크 라이드에서 불합격하면 재교육을 받아야 해. 시험도 다시 봐야 해서 체크 라이드가 배정되면 파일럿으로서는 엄청 부담스럽지. 그렇다고 거절할 수도 없어. 내가 면허를 받았다는 건 그만한 기량을 인정받았다는 뜻이기 때문이야. 그래서 언제라도 국토 교통부나 회사에서 체크 라이드를 하겠다고 하면 최선을 다해야 하지.

그날은 우리 비행기에 체크 라이드가 배정된 날이었어. 김포 공항에서 제주 공항을 왕복 비행하는 스케줄이었는데, 그날따라 강풍과 비바람으로 기상이 좋지 않았어. 어쨌든 순조롭게 비행 준비가 끝났고, 김포 공항에서 제주로 가는 동안은 순탄했어. 그런데 전라남도 광주 상공을 지나갈 때부터 서서히 항로가 밀리기 시작하는 거야. 김포 공항에서 출발해서 제주 공항에 착륙하려는 비행기가 제주행 항로에 줄을 서서 서행하고 있었어. 제주 공항 주변에 한라산을 넘어온 바람과 돌풍 때문에 착륙이 제대로 안 되고 있던 거야. 복행하는 비행기가 많아서 항로의 중간 지점부터 길이 밀리게 된 거지.

복행이란 착륙하려던 비행기가 착륙하지 못하고 다시 이륙하는 것을 말해. 비행기가 복행하게 되면 두 가지 선택지가 있어. 첫 번째는 그 공항에 다시 한번 착륙을 시도하는 거야. 두 번째는 연료와 기상 상황을 보고 착륙 재시도가 불가능하다고 판단했을 때인데, 복행 후에 바로 예비 공항으로 기수를 돌리는 거야. 김포에서 제주로 가는 노선에서 예비 공항은 보통 출발지였던 김포 공항이야.

제주와 가까운 공항은 날씨가 제주와 크게 다르지 않을 가능성이 높기 때문이지. 그리고 회항했을 때 여행을 포기하고 집으로 돌아가고 싶은 승객이 생길 수도 있기 때문이야.

항로가 밀리면서 우리 비행기도 서행하게 되었고, 비행 시간도 조금씩 늘어났어. 평소 같으면 한 시간 정도면 제주에 도착할 텐데 무려 두 배 가까이 걸릴 정도였어. 김포 공항과 제주 공항에는 지연과 결항이 속출했어. 우리 비행기는 한참 서행하다가 겨우 제주 상공에 진입했어. 착륙 준비를 모두 마쳤고, 저만치 활주로가 보였어. 그런데 갑자기 비행기에서 "윈드시어, 윈드시어" 하는 경고음이 났어. 돌풍을 감지한 자동 시스템이 울린 거야. 우리말로 번역하면 "돌풍, 돌풍"이라는 뜻이지. 이 돌풍 경고음이 울리면 파일럿은 아무리 활주로에 안전하게 착륙할 자신이 있다고 해도 주저 없이 복행해야 해. 그래서 나는 바로 착륙을 포기하고 복행했어.

복행을 하면 착륙 준비로 세팅해 놓은 비행기의 시스템을 이륙 시스템으로 바꿔야 해서 기장과 부기장은 정신없이 바빠져. 비행기 바퀴도 올려야 하고, 날개도 접어야 하고, 공항 관제탑과 교신해야 하고, 객실 사무장과 소통해야 하고, 기장은 기내 방송도 해야 해. 그리고 이제 어떻게 할 것인지도 결정해야 해. 착륙을 재시도할 건지 아니면 회항할 건지 말이야.

이런 숨 가쁜 과정이 어느 정도 정리가 되고 나서, 우리는 제주 공항에 착륙을 재시도해 보기로 했어. 혹시 재시도한 뒤에도 착륙에 실패한다면 고민할 것도 없이 바로 김포 공항으로 회항하기로 했어. 밀린 항로에서 이미 연료를 많이 소모했거든. 착륙을 재시도하면 간신히 회항할 수 있을 만큼의 연료만 남게 될 거야.

착륙을 위해 비행기들 사이에 다시 줄을 섰지만, 연료를 이미 많이 소비했으니 가능한 한 빠른 순번으로 끼워 줄 것을 요청했어. 복행한 비행기 대부분이 연료 문제로 관제탑에 요청해. 내가 순항 중에 항로가 밀렸던 이유도 앞서가던 비행기들이 복행하고 착륙을 재시도하면서 빠른 순번을 요청해서야.

내 비행기의 착륙 재시도가 결정되고, 나는 사무장에

게 앞으로의 계획과 복행 의도를 설명하고 바로 기내 방송을 했어.

"승객 여러분, 저는 기장입니다. 우리 비행기는 악기상과 돌풍으로 인해 복행하였습니다. 우리 비행기는 제주 공항에 재착륙을 시도하기 위하여 준비 중에 있으며, 앞으로 약 15분 뒤에 목적지인 제주 공항에 착륙할 것으로 예상됩니다. 만일 재시도 후에도 착륙이 불가할 경우에는 승객 여러분과 모두의 안전을 위해 김포 공항으로 회항하도록 하겠습니다. 승객 여러분께서는 승무원의 안내에 협조해 주시길 바랍니다."

비행기에는 오토 파일럿이라고 하는 자동화 장치가 있어. 착륙할 때는 보통 오토 파일럿을 끄고 수동으로 조종해. 고도 2,000피트에서 1,500피트 정도의 구간에서는 오토파일럿을 끄고 수동으로 조종하지만, 나는 이때 3,000피트 고도에서부터 수동으로 조종해야겠다고 생각했어. 돌풍 경고음이 다시 울리지 않도록 하려고 미리 수동으로 조종간과 파워를 조절해서 바람을 타며 비행하는 거지. 거친 파도를 타는 서퍼처럼 바람을 타면서 비행하는 거야. 돌풍 자동 감지 장치는 기계이다 보니 컴퓨터에 입력된 대로만 비행하려고 하거든. 바람과 맞서 싸우며 비행하니 저항값이 초과돼서 경보기가 작동하는 거지. 다행히 내 바람 타기 계획은 성공적이었어. 이번에는 돌풍 경보가 울리지 않았어. 무사히 제주 공항에 착륙하고 터미널 게이트에 도착했을 때에야 비로소 안도의 한숨이 나왔어. 비행기 문이 열리고 승객이 한 명씩 내렸어.

모든 승객이 내린 뒤, 조종실 문을 열고 나가자 사무장이 이렇게 말했어.

"기장님, 승객분들이 기장님 고생하셨다고 전해 달라더군요. 수고하셨습니다."

가슴이 뭉클해지면서 그동안의 고생이 눈 녹듯 사라지는 것 같았어. 그런데 사무장이 이어서 말했어.

"그런데요, 어떤 승객분들은 글쎄, 기장님이 여성이어서 한 번에 착륙 못 한 거 아니냐고…… 다른 비행기들은 잘 착륙하고 있는 거 아니냐고 하더라고요."

그 말을 듣는 순간 뭉클함도 잠시, 가슴 한편이 먹먹해졌어.

'아직도 우리나라에서 여성 파일럿은 선입견 속에서 차별받고 있구나.'

하지만 터미널로 들어가면 그 승객도 수많은 비행기가 복행했고 지연됐다는 걸 알게 될 거야. 복행한 비행기들의 기장이 모두 여성이 아니라는 걸 알겠지. 한국에 몇 없는 여성 기장 중 한 명으로서 나는 또 다른 책임감을 느꼈어. 여성 기장은 몇백 명의 목숨을 책임지는 것뿐만 아니라 우리 사회의 여성에 대한 편견까지도 책임지게 된다는 걸 깨달았어.

국토 교통부 체크 라이드에 내 비행기가 배정되었다는 말을 들었을 때, 왜 하필 내 비행기냐고 속으로 투덜댔어. 그런데 비행을 마친 뒤 생각이 달라졌어.

'악기상 속에서 복행까지 한 이번 비행이 체크 라이드였다는 게 오히려 잘된 일이다!'

국토 교통부 심사관이 모든 것을 객관적으로 지켜보고 평가하는 계기가 됐으니까 말이야. 여성 파일럿이라고 다르지 않다는 것을 증명해 보일 수 있었으니까 말이야.

책임감이라는 건 뭘까? 우리는 살면서 항상 선택하고 결정해야 해. 아침에 알람이 울릴 때부터 '지금 바로 일어날까? 5분만 더 잘까?' 하는 선택의 기로에 서지. 어떤 선택을 하든 결과에 따른 책임은 자신에게 있어. 아주 작고 사소한 것이라도 결과에 따른 대가를 지는 게 책임이 아닐까?

십 대에게 책임이란 어떤 의미일까? 아직 미성년이고, 보호를 받아야 할 나이인데 무슨 책임이냐고 생각할 수도 있어. 비행을 앞두고 이제 막 날개의 솜털을 털어 내고 있는 너희에게 책임이라는 말은 무겁게 느껴질 거야. 하지만 멋진 어른이 되려면 책임을 지는 것에 대한 연습도 필요하다고 생각해. 책임은 모든 순간에 자신이 한 선택에 따른 결과니까. 각자 자기 비행기에 탄 승객들이 있을 거야. 일주일에 한 번씩 물을 주기로 한 화분이라든가, 하루에 한 번씩 산책하기로 약속한 반려동물이라든가, 자기 방 정돈일 수도 있지. 가족, 친구, 이웃과의 관계, 내가 보살피는 반려동물과 식물과의 관계에서도 내가 하는 선택에는 결과가 따라오기 마련이야.

내 비행기의 기장은 나니까 승객들은 내가 책임져야겠지? 작은 것부터 하나씩 책임지는 연습을 해 보자. 그러다 보면 솜털이 빠지고 멋진 깃털이 자라나서 수백 명의 마음을 책임지고 나는 강한 어른이 되어 있을 거야.

자유롭게
날고 싶어!

나는 이상하게 '조금 있다가 해야지' 하고 마음먹었는데 누가 하라고 시키면 하고 싶은 마음이 싹 사라져. 내가 즐겁게 하던 일이었어도 말이지. 누가 하라고 시키는 순간부터 청개구리 심보가 되어 버려. 완전 하기 싫어져.

초등학교 4학년 때 우리 집에는 할머니와 아버지, 엄마, 나 이렇게 네 명이 살았어. 할머니는 여든네 살이였는데 눈도 잘 안 보이고 귀도 잘 안 들릴 만큼 연로하셨어. 그런데 어느 날 엄마가 서울의 큰 병원에서 3일간 검사를 받아야 한다고 했어. 엄마는 남은 우리 세 식구가 3일 동안 먹을 수 있는 찌개와 반찬을 만들어 놓았어. 그리고 나에게 밥 짓는 법을 처음 알려 줬지.

"쌀을 이 공기로 한 공기 떠서, 이렇게 씻은 다음에……."

엄마는 손수 시범을 보이며 차근차근 가르쳐 줬어.

"쌀을 손 위에 올려놔 봐. 그리고 물을 네 손등에 이만큼 오도록 넣어야 해."

그렇게 밥을 한 번 지으면 세 식구가 한 끼를 먹을 수 있는 양이라고 했어. 그리고 엄마는 서울로 떠났지. 하지만 3일 뒤면 온다던 엄마는 그 뒤로 2년이 지나도 돌아오지 않았어.

엄마가 없는 동안 나는 아침에 일어나 학교에 가는 것도 벅찼어. 아침을 챙겨 먹는 건 생각도 못 했지. 요즘은 학교에 급식이 있지만, 그때는 학교에 급식 시스템이 없어서 도시락을 싸 가야 했어. 하지만 나는 도시락을 싸지 못했어. 학교를 마치고 집에 와서 저녁을 차려 먹는 것 정도가 내가 할 수 있는 거였어. 반찬을 해 본 적이 없어서 할머니가 만드는 콩나물 무침을 어깨너머로 지켜봤어. 할머니는 툭하면 넘어져서 잘 다치셨어. 그래서 할머니 대신 내가 해야겠다고 생각했어. 할머니가 만든 양념을 기억했다가 모든 요리를 똑같은 양념으로 만들었어. 집 앞 텃밭에서 오이를 따다가 오이 무침도 하고, 시금치 나물도 무쳤어. 애호박과 고추만 넣고 엄마가 예전에 담궈 놓은 된장을 넣어서 된장찌개도 끓였어.

요즘이야 인터넷에 검색하면 레시피를 쉽게 찾을 수 있지만, 그때는 그런 게 없었어. 내가 만든 오이 무침이나 된장찌개 맛이 어땠는지 지금은 전혀 기억이 나지 않아. 그때는 그래도 그게 된장찌개 맛이라고 느꼈던 것 같은데, 지금 생각하면 그 맛이 어땠을지 진짜 궁금해. 할 수 있는 음식도 별로 없는 데다 열 살을 갓 넘은 나이에 '오늘은 무슨 반찬을 만들어야 하지?' 고민하는 게 쉽지 않았어. 얼마 전까지만 해도 엄마가 해 주는 음식을 먹고, 반찬 투정을 부렸는데 말이지.

빨래도 청소도 알아서 했어. 빨래하라고, 청소하라고, 밥하라고 시킨 사람은 아무도 없었어. 하지만 눈치를 보니 할 사람이 나밖에 없더라고. 해 본 적이 없었지만, 무엇을 해야 하는지 스스로 찾아서 했어. 누가 시켜서 한 게 아니라 스스로 한 거여서 누구를 원망하거나 미워하는 감정이 들진 않았어.

그렇게 2년이라는 시간이 지났어. 그사이 연로하신 할머니가 돌아가셨고, 아팠던 엄마도 결국 돌아가셨어. 내가 중학교에 올라갔을 때 서울에 살던 오빠가 결혼해서 이천 시골집으로 내려왔어. 아버지와 나, 오빠 부부가 함께 살게 된 거야. 오빠와 새언니 사이에는 아기가 태어났어. 새언니는 갑자기 늘어난 식구와 산후 우울증, 불편한 시골 살림살이에 불만이 많았어. 그래서 오빠와 싸움도 잦았지.

나는 처음에는 엄마 같은 새언니가 생겨서 좋다고 생각했어. 하지만 그 기대는 오래가지 못했어. 나한테 청소며 빨래며 집안일을 시키는 새언니가 너무 싫었거든. 새언니 없이 살았을 땐 죽이 되든 밥이 되든 내가 알아서 했는데, 새언니가 나타나서 이래라저래라 집안일을 시키는 게 싫었어. 그동안 혼자 알아서 다 하던 거였는데도 새언니가 시키면 하기 싫었어. 강제로 하는 느낌이 들었거든. 왜 새언니는 내가 하고 싶을 때 하도록 내버려 두지 않고, 하려는 찰나에 시켜서 기분을 망치는 걸까? 나는 새언니가 시킨 일을 어쩔 수 없이 하면서도 너무 억울했어. 학대당하는 느낌이였어. 새언니가 마치 계모 같았어. 내가 동화 속에 나오는 불쌍한 신데렐라 같았어.

그전에는 같은 집안일을 해도 스스로 필요를 느끼고 즐거운 마음으로 했거든. 그리고 다 한 뒤에는 뿌듯한 마음이 들기도 했어. 그런데 왜 다른 사람이 시켜서 하면 같은 일을 해도 억울하고 분한 걸까? 하는 내내 짜증이 나고 머릿속에는 온통 '아, 진짜 하기 싫다!'라는 생각만 가득했어. 나는 계속 화가 났어. 그렇게 억지로 하고 나서 보면 결과도 만족스럽지 않았어. 사실 결과를 중요하게 생각하지도 않았어. 하라고 해서 한 거니까 '했으니까 됐지'라는 생각뿐이었어. 억지로 대충한 건데 뭐 얼마나 잘 했겠어? 그러니까 또 "이게 한 거냐?"라고 야단을 들었어. 그런 일상이 매일 반복됐지. 그러면서 새언니와의 관계는 점점 더 불편해졌어. 새언니의 산후 우울증과 나의 사춘기가 부딪치면서 나는 거의 매일 밤 울었어. 그때 나는 내가 세상에서 가장 불쌍한 아이라고 생각했어. 빨리 어른이 돼서 그 집을 떠나고 싶었어. 빨리 독립을 하고 싶었어. 살면서 내가 가장 암울했던 시기는 바로 그 중학교 3년이었어.

내가 가는 고등학교에는 마침 기숙사가 있었어. 나는 기숙사에 들어가겠다고 아버지와 오빠를 졸랐어. 집이 시골에 있어서 통학하기 불편하다고 말했지. 진짜 이유는 새언니와의 불편한 관계였지만 말이야. 어쩌면 오빠는 눈치를 챘을지도 몰라. 불편한 진실이라서 서로 말을 꺼내지는 못했지만 말이야. 나는 그 집을 떠나는 게 너무 행복했고, 탈출했다고 생각했어. 새언니와 갈등하지 않아도 된다는 것만으로도 무엇이든 할 수 있을 것 같았어. 그렇게 신데렐라와 계모의 관계는 다행히도 끝이 났어.

막 공부하려던 찰나였는데, 부모님이 "공부 안 하냐?" 라고 하면 갑자기 엄청 하기 싫어지지 않아? 그러고 보니 나에게 공부를 재촉하는 사람은 없었던 것 같아. 그렇다고 새언니가 청소나 빨래 같은 집안일 대신 공부를 강요했다면 과연 내가 즐겁게 했을까? 그렇지 않았겠지. 하지만 공부는 집안일보다는 순전히 나를 위한 거니 조금 덜 억울하다고 생각했을지도 몰라.

살다 보면 내가 처한 상황이 더 이상 내려갈 곳이 없을 만큼 바닥이라고 느껴지는 때가 있어. 죽고 싶다는 생각이 들 정도로 마음이 괴롭고 힘든 때도 있어. 그런데 그 어떤 때보다 중학교 시절이 내 인생에서 가장 힘들었다고 기억하는 이유는 뭘까? 내 의지와 상관없이 억지로 뭔가를 해야 했던 적이 그때 말고 또 있던가? 없었던 것 같아. 내가 중학교 시절을 가장 힘들고 암울했던 시기로 기억하는 가장 큰 이유는 자유를 잃었다고 생각했기 때문이야. 스스로 고민하고, 결정하고, 행동할 자유를 잃었다고 생각해서가 아니었을까?

나는 왜 그때 새언니에게 내가 알아서 하겠다고 말하지 못했을까? 대화를 해서 내 생각을 전했으면 좋았을 텐데, 사춘기 때 누구나 그렇듯이 나도 별로 말하는 걸 좋아하지 않았어. 불만을 쌓아 두면 쌓아 뒀지 밖으로 표현하려고 하지 않았어. 어쩌면 새언니 입장에서는 답답했을 수도 있겠지. 언니도 말할 상대가 필요했을 텐데 나는 통

명스럽고 말 안 듣는 어린 시누이였을 거야. 그때 서로 대화했다면 새언니와 나의 관계가 절벽까지 치닫지는 않았을 텐데 하는 아쉬움이 있어. 세월이 한참 지난 지금에서야 그런 생각을 해. 하지만 그 시절 학교와 공부라는 틀 안에 있는 십 대 사춘기 소녀가 성숙한 생각을 하기란 쉽지 않았어. 나는 늘 외로웠거든. 아무도 나를 알아주는 사람이 없다고 생각했어. 주변 어른들은 학생은 그저 공부만 잘하면 된다고 말했어. 내가 힘들어하는 게 있는지, 고민이 있는지는 궁금해하지 않았어. 그때 나에게 가장 힘든 것은 학교도, 공부도 아니었는데 말이야.

나는 자유가 없어서 답답했어. 학교와 공부라는 틀 안에 갇혀 있다고 생각했어. 자유를 얻고 싶어서 빨리 어른이 되고 싶었어. 공부하기 싫어서, 시키는 대로 해야 하는 생활이 싫어서 어른이 되고 싶었어. 시간이 빨리 지나가기만을 바라서 그 시간을 온전히 즐겁게 보내지 못했지. 어른이 되면 뭐든 스스로 알아서 할 수 있을 것 같았어. 뭐든 내 마음대로 할 수 있을 것 같았어.

하지만 십 대였기 때문에 좋았던 점은 없었을까? 어렸

을 때는 아직 배울 게 많으니까 실수하거나 잘못을 해도 사회로부터 보호받았던 것 같아. 어른이 되어 보니 마냥 불만이었던 십 대 시절이 무조건 단점만 있던 것은 아니더라고.

십 대에게 진짜 자유란 뭘까? 내가 하고 싶은 것을 스스로 생각하고 고민하는 것, 그것을 이루기 위해 스스로 계획하고 준비하는 것이 아닐까? 부모님이 원해서, 부모님을 기쁘게 해 드리려고, 부모님이 시켜서 하는 것이 아닌 내가 원해서 하는 거지. 주변에서 좋다고 해서, 멋지다고 해서, 모두가 선망하는 것이어서가 아닌 내가 진짜 원해서 하는 것. 그게 자유가 아닐까?

다른 사람이 시켜서 억지로 하는 일에는 한계가 있어. 억지로 하는데 어떻게 잘할 수가 있겠어? 정말 하고 싶은 것을 할 때는 아무리 힘들어도 힘들다고 느껴지지 않잖아. 즐겁고 강한 에너지가 안에서 저절로 쏟아져 나오니까. 남들이 좋다고 해서 하는 게 아니라 내가 신나고 설레는 것을 하는 게 진정한 자유가 아닐까? 내 미래를 스스로 설계하는 것이 바로 자유가 아닐까? 인생이라는 긴 비행을 앞두고 이륙을 준비하는 십 대라는 시간은 지나고 나면 다시는 오지 않아. 지금은 날고 싶은 대로 자유롭게 상상하며, 꿈을 꾸고, 어떤 목적지로 갈 것인지 계획하고, 어떻게 날아갈 것인지 항로를 설계하는 단계야. 다시 돌아오지 않을 시간, 지금이 아니면 못 할 것들에 좀 더 집중해 보는 건 어떨까?

3장

착륙은 이륙을 위한 발돋움

한 번에 날지 못해도 괜찮아

비행기를 탈 때 가장 설레는 순간이 언제야? 대부분은 이륙할 때 가장 설레 하는 것 같아. 물론 착륙할 때 설렘을 느끼는 사람들도 있지. 어떤 사람들은 언제 바퀴가 닿을까 창밖을 내다보며 들뜨기도 해. 파일럿도 비행 중 가장 설레고 긴장되는 순간이 이착륙하는 때야. 하지만 가끔 이착륙을 한 번에 못할 때도 있지. 자주 있는 일은 아니야. 백 번 중 한 번 정도 나올까 말까 하지. 하지만 항공사가 워낙 많고, 이착륙하는 비행기도 많다 보니 이착륙을 재시도하는 비행기들을 종종 볼 수 있어.

나도 이륙하려고 활주로를 달리다가 중단하고 나온 적이 있어. 이것을 이륙 중단이라고 불러. 그날은 오사카 칸사이 국제공항에서 인천 국제공항으로 오는 비행이었어. 우리는 이륙하기 위해 준비를 모두 마친 상태였어. 이륙하려고 엔진에 파워를 올리고 활주로를 달리려는데 비행기에서 경고음이 울리는 거야. 센서 하나가 준비가 안 되어 있던 거였어. 이럴 경우 기장은 무조건 이륙을 중단해야 해. 아무리 준비를 잘했다고 자신하더라도 정지하고 활주로를 벗어나야 해. 그러고 나서 문제가 무엇인지 파악해야 하지.

경고음은 센서의 오류 때문에 울린 거였어. 그래서 우리는 재빠르게 다시 준비하고, 활주로로 돌아가 이륙했지. 간단한 것처럼 들리겠지만, 사실 이런 과정이 생각만큼 간단하진 않아. 사람은 예상하지 못한 일이 갑자기 닥칠 때 머릿속이 하얘지잖아. 어디서부터 무엇을 해야 하는지 잊어버리기 쉽지. 짧은 시간에 많은 것을 동시에 해야 해서 놓친 게 있을까 봐 신경이 쓰이고 무척 긴장되지.

이륙이 중단되면 파일럿은 먼저 관제탑에 보고해야

해. 그리고 활주로를 벗어나서 비행기를 잠시 세운 뒤에 내 비행기가 어디에 멈추어 있는지, 문제 파악까지 시간이 얼마나 걸릴지 알려야 해. 문제가 확인되면 정비를 위해 원래 위치로 돌아갈 건지, 다시 준비해서 바로 이륙할 건지 결정해야 해. 결정되면 관제탑에 어떻게 할 것인지 알리고, 사무장에게 왜 이륙을 중단했는지 전달해야 해. 승객들에게도 기내 방송을 해야 하지. 그리고 동시에 다시 이륙할 준비도 시작해야 해. 그 모든 것을 원래 계획했던 것처럼 고민할 겨를도 없이 빠르게 진행해야 해. 그래서 파일럿은 시뮬레이터라고 하는 모의 비행 장치에서 무수히 많은 이륙 중단 연습을 하곤 해.

왜 이렇게 서둘러서 판단하고 결정해야 하냐고? 이륙을 중단한 비행기는 활주로에서 벗어나서 택시웨이라고 하는 비행기의 육상 길에 멈춰 있게 되거든. 택시웨이는 비행기가 공항에서 활주로까지 가는 통로야. 이륙하려고 대기 중인 비행기들이 그 길에 줄지어 서 있어. 그래서 램프로 돌아갈 건지 아니면 바로 다시 이륙 준비가 가능한지 빨리 판단해야 해. 그래야 관제탑이 비행기를 램프로 보낼지, 택시웨이에 다시 넣을지 결정할 수 있어.

이륙하는 게 생각보다 쉽지 않지? 그런데 착륙도 매번 한 번에 성공하는 건 아니야. 착륙을 한 번에 못 하는 이유에는 여러 가지가 있을 수 있어. 그중 가장 흔한 두 가지 경우가 있는데 하나는 기체 결함이 있는 경우고, 또 하나는 기상 상황이 나빠서 안전한 착륙이 어려울 때야.

나도 기체 결함으로 착륙을 재시도한 적이 있어. 인천국제공항으로 돌아오던 비행이었는데, 착륙을 준비하는 단계에서 문제가 발생했어. 인천 공항의 활주로가 저만치 앞에 보이고, 착륙하기까지 5분 남짓 남았을 때였어. 비행기가 낮은 속도로 날려면 날개의 면적을 넓혀야 하거든. 면적을 1단에서 4단까지 단계적으로 늘려 줘야 해. 늘어났다 줄었다 하는 날개를 플랩이라고 하는데, 그걸 1부터 4까지 하나씩 내리면 날개의 면적이 한 단계씩 늘어나는 거야. 그렇게 늘리면 착륙할 때는 플랩 4가 되거든. 그날 플랩을 2까지 내렸을 때까지는 작동이 잘 되었고, 아무런 문제가 없었어. 그런데 플랩을 3으로 내려야 하는데 더 이상 내려가지 않는 거야. 그래서 그동안 시뮬레이터에서 훈련받은 대로 재빠르게 재작동을 시켰지. 그래도 작동이 되지 않았어. 이제 착륙까지 불과 3분 정도밖에 남지 않은 상황이었어.

그래서 관제탑에 기체에 문제가 있어 착륙을 포기하고 복행하겠다고 알리고 그대로 다시 날아갔어. 관제탑이 지시한 곳에서 뱅글뱅글 돌면서 매뉴얼에 따라 문제를 해결해야 했어. 이륙 중단 때와 마찬가지로 착륙을 포기하고 복행하게 되면 우선 관제탑과 소통해. 그러고 나서 사무장과 소통하지. 기체 결함이 아주 심각하거나 기장이 기내 방송을 할 여유가 없을 만큼 긴박한 상황일 때는 사무장에게 기내 방송을 맡기기도 해. 하지만 가능하면 기장이 직접 승객들에게 상황을 알려 주고 안심시키는 것이 좋아. 승객들은 사무장보다는 기장의 말을 더 신임하고 의존하거든.

"승객 여러분, 저는 기장입니다. 우리 비행기는 착륙을 시도하던 중 약간의 기체 결함이 발견되어 착륙을 중단하고 복행하였습니다. 잠시 뒤 문제가 해결되면 착륙을 재시도하겠습니다. 다시 안내해 드릴 때까지 좌석에 앉아 안전벨트를 매 주시고, 승무원의 안내에 협조해 주시기 바랍니다. 감사합니다."

그렇게 기내 방송을 마치고 나면, 기장과 부기장이 함께 매뉴얼을 보며 절차에 따라 기계를 조작해. 그런데 그렇게 하고도 플랩이 정상으로 돌아오지 않았어. 그래서 시뮬레이터에서 연습해 온 대로 플랩 2인 상태로 착륙을 준비했어. 플랩 2로 착륙하는 것은 플랩 4로 착륙하는 것보다 비행기의 속도가 더 빨라. 그만큼 더 긴 활주로가 필요하다는 말이지.

플랩 2로 착륙할 준비가 끝나고, 주의할 점을 기장과 부기장이 같이 확인하고 나서 관제탑에 연락했어. 우리 비행기의 상태가 어떤지, 착륙할 준비가 되었는지 알리고, 관제탑으로부터 어떤 도움이 필요한지 요청하는 거지. 그러면 관제탑은 같은 자리를 돌고 있던 우리 비행기가 착륙을 위해 다시 돌아올 수 있도록 해 줘. 그렇게 착륙 재시도가 시작되었어. 나도 시뮬레이터에서만 해 봤던 플랩 2 착륙을 실제로 하는 건 처음이었어. 많이 긴장됐고, 시뮬레이터에서 연습한 것과 똑같이 될까 하는 생각에 기대도 됐어. 이제 사무장에게 다시 착륙을 시도한다고 알리고, 승객들에게도 다시 안내했어.

"승객 여러분, 저는 기장입니다. 우리 비행기는 약간의 기체 결함이 있지만 안전하게 착륙하는 데 전혀 문제가 없습니다. 모두 안심하시고 승무원의 안내에 따라 주시길 바랍니다. 지금부터 다시 착륙을 시도하여, 앞으로 약 15분 뒤에 인천 국제공항에 착륙이 가능할 것으로 예상하고 있습니다. 불편을 끼쳐 드려 죄송하고, 양해해 주셔서 감사합니다."

그렇게 기대 반 걱정 반이었던 플랩 2 착륙은 성공적이었어. 평소에 착륙하던 것과 크게 다르지 않았어. 다만 기장과 부기장, 승무원 그리고 승객들의 시간을 소모했지. 항공사 입장에서는 연료도 더 쓰였고, 연착 때문에 항공편의 지연 등 많은 경제적 손해가 생겼어. 연착과 지연으로 불편을 겪은 사람도 많았을 거야. 하지만 우리는 안전하게 착륙했고, 기장과 부기장은 귀한 실전 경험을 쌓게 되었어.

나는 우리 인생도 비행과 많이 닮았다고 생각해. 이륙이든 착륙이든 의도한 대로 한 번에 되지 않으면 힘들고 지치지. 시간적, 경제적인 손실도 생기고 말이야. 하지만 그 대신 우리는 경험을 얻어. 다음에는 같은 일을 겪으면 당황하지 않고 훨씬 노련하게 잘할 수 있어.

나는 새로운 도전을 할 때 '왜 나는 한 번에 되는 게 없을까?'라고 생각했어. 시험, 도전, 목표, 계획 등 마음대로 되지 않는 것들이 참 많았거든. 미국 대사관에 들어가겠다고 시험을 봤을 때도 세 번 다 떨어졌어. 하지만 '이제 더 안 되겠구나' 하고 거의 포기했던 네 번째 도전에서 합격했지.

미국에서 항공 학교를 다닐 때도 실기 시험이 여러 번 있었는데, 그때도 한 번에 합격하지 못하고 재시험을 본 적이 많았어. 하지만 어떤 아이는 걸음마를 빨리 배우고, 어떤 아이는 걸음마를 늦게 배우잖아. 걸음마를 늦게 배운다고 해서 그 아이가 못 걷는 것은 아니잖아. 시작이 조금 느릴 뿐이지. 비행에 있어서 나는 느린 걸음마를 했던 것 같아. 항공사에 들어간 뒤로는 비행 실기 시험에 떨어져 본 적이 없거든.

몇 번씩 시험에 떨어지면서도 결국 합격한 것을 보면 결국 포기하지 않으면 무엇이든 할 수 있는 것 같아. 원하는 것을 얻으려면 실패에 실패를 거듭하면서도 앞으로 나아가야 해. 내가 그토록 간절히 바라는 꿈은 쉽게 얻을 수 있는 것이 아닐 테니까. 쉬운 것이었다면 처음부터 내 꿈이 되지 않았을 테니까 말이야.

다시 이륙하려면 강한 체력은 필수!

항공사들이 서서히 비행기 운항 편수를 늘리면서 조종사 채용 소식이 조금씩 들리기 시작했어. 코로나로 몇 년간 어려움을 겪던 항공사들이 이제 다시 바빠질 준비를 하는 거지. 채용 소식을 듣고 나는 화이트 카드를 받으려고 조종사 신체검사를 받았어. 화이트 카드는 신체검사 1종 적합 판정을 받았을 때 발급되는 증명서야. 항공사에서 여객기나 화물기를 운항하는 조종사에게 화이트 카드는 필수 증명서 중 하나야. 신체검사를 받고 나면 화이트 카드를 등기 우편으로 받기까지 시간이 걸려. 그러니까 제일 먼저 신체검사를 받아 놓고 다른 서류들을 준비하는 게 효율적이지.

파일럿은 1년에 한 번씩 조종사 신체검사를 받아야 해. 검사받는 항목은 청력 검사, 시력 검사, 흉부 엑스레이, 피 검사, 심전도 검사, 소변 검사, 혈압 검사 등이 있어. 그중 특히 시력과 관련된 검사 항목이 꽤 많아. 가게에서 안경을 맞추려고 할 때 시력 검사를 하잖아? 조종사 시력 검사는 그와 비교가 안 될 정도로 복잡하고 다양해. 일반적인 시력 검사 외에도 색각, 사시, 안압 측정 등 정밀한 검사가 많지.

나는 종합 검진을 여러 번 받아 봤지만 조종사 신체검사만큼 상세한 검사를 받아본 적은 없어. '이런 게 다 있나?' 싶을 정도로 신기한 검사도 있어. 그중 하나가 시야의 범위를 측정하는 검사야. 큰 공을 반으로 잘라 놓은 것처럼 생긴 기계 앞에 머리를 대고, 한쪽 눈을 가린 채 빛이 반짝일 때마다 한 손에 쥐고 있는 스위치를 누르는 거야. 그 불빛은 사방에서 나타나는데, 언제 어디서 나오는지 예측할 수가 없어. 그렇게 한쪽 눈의 검사가 끝나면, 다른 쪽 눈도 똑같이 검사해.

조종사 신체검사는 나라마다 약간씩 차이가 있어. 각국의 항공법에 따라 다른데, 중국과 미국을 한국과 비교해서 이야기해 줄게. 중국에서는 만 40살이 되면 두뇌 MRI를 찍어야 해. 가슴에 이상한 측정기를 달고 러닝머신에서 속도를 서서히 올려 가며 심박수를 측정하는 항목도 있어. 미국이나 한국에는 그런 검사 항목이 없거든. 그리고 신체검사를 얼마나 자주 받아야 하는지도 나라마다 조금씩 달라. 주기는 나이에 따라 다른데, 미국에서는 만 40살부터, 중국에서는 만 50살부터, 한국은 만 60살부터 6개월에 한 번씩 신체검사를 받아야 해. 1년에 한 번씩 받다가 6개월에 한 번씩 검사를 받으려면 여간 번거로운 게 아니야.

신체검사를 받기 약 한 달 전부터는 먹는 것을 주의하고, 음주를 자제하는 파일럿이 많아. 방심했다가 피 검사에서 좋지 않은 결과를 받을 수 있거든. 일단 잔소리를 듣게 되지. '콜레스테롤이 전보다 증가했다. 중성 지방이 증가했다. 금주하고 운동하시라' 이런 식으로 말이야. 병원에서 듣는 잔소리로만 끝나면 좋겠지만 심할 땐 회사에서도 주의를 받게 되는 모양이더라고. 그런데 이런 잔소리는 파일럿에게 꼭 필요한 소리야. 파일럿은 보통 사람과 많이 다른 환경에서 일하기 때문에 체력 유지와 건강관리가 특별히 요구되거든.

파일럿은 낮과 밤이 바뀌어서 일하는 날이 많아. 사람들이 다 잠든 한밤중에 누구보다 정신을 바짝 차리고 비행해야 해. 기압 차가 많이 나는 비행기에서 주로 생활하기 때문에 몸이 쉽게 피곤해지기도 하지. 비행기에 다섯 시간 이상 타 본 적 있어? 비행기를 오래 타면 손발이 부어서 벗어 두었던 신발을 다시 신으면 잘 안 들어가. 나는 그래서 늘 신발을 한 사이즈 크게 신고 비행했어. 공항에서 탑승 게이트까지 가는 동안에는 신발이 살짝 헐거운 느낌이 들어. 그런데 비행을 마칠 즈음이면 어느새 신발이 딱 맞는다니까.

북극 쪽에선 방사능이 많이 나온대. 겨울에 한국에서 뉴욕 같은 동부나 시카고 같은 중부를 오갈 때는 북극 항로를 많이 이용해. 겨울철에 시속 300킬로미터가 넘는 제트기류가 편서풍을 타고 불기 때문이야. 제트기류를 맞으며 가면 미주에서 한국으로 올 때 비행 시간이 한두 시간 정도 더 걸릴 수 있어. 그러면 연료도 그만큼 많이 사용하게 되겠지? 그래서 제트기류를 피해서 북쪽으로 넘어오는 거야. 그렇다 보니 북극 항로를 다니는 파일럿들은 방사능에 많이 노출될 수밖에 없어. 실제로 북극 항로를 지나는 파일럿들은 주기적으로 방사능 피폭 검사를 받는 것 같더라고. 나는 주로 동남아시아를 다녀서 방사능 피폭 검사는 딱 한 번 받아 봤어.

파일럿은 기후가 다른 나라를 왔다 갔다 하잖아. 한겨울인 우리나라에서 한낮 기온이 섭씨 40도 가까이 되는 동남아시아에 가지. 몸이 적응할 틈도 없이 몇 시간 사이에 덥고 추운 나라를 오가야 하니 체력 유지가 얼마나 중요한지 알겠지?

비행 스케줄도 늘 불규칙해. 어떤 날은 깜깜한 새벽에 일어나서 해가 뜨기 전에 출근하는가 하면, 어떤 날은 한낮에 출근해. 밤 12시가 넘어서 비행하는 날도 있고 말이야. 그러니 식사 시간이라고 규칙적이겠어? 취침 시간이라고 규칙적이겠어? 규칙적인 것은 하나도 없어. 이렇게 불규칙적이지만 습관이 되어서 그런지 나는 오히려 규칙적인 생활이 더 피곤하더라고. 9시에 출근해서 6시에 퇴근하는 규칙적인 생활 말이야.

가끔 회사에서 학술 교육이 있어서 며칠씩 똑같은 시간에 출근하고 똑같은 시간에 퇴근하는데, 나는 그게 오히려 엄청 피곤했어. 피곤이 회복되기 전에 다음날 같은 시간에 출근해야 해서 그런 것 같아. 파일럿의 생활이 불규칙하긴 하지만, 피곤한 비행 스케줄 뒤에 충분히 쉴 수 있는 시간이 주어지거든. 그래서 다시 비행할 때는 충분히 회복하고 가벼운 몸으로 비행할 수 있어. 결국 균형 있는 생활을 위해선 스스로 여러 가지 노력을 해야 하는 것 같아.

십 대의 생활 패턴은 거의 매일 규칙적이잖아? 아침에 같은 시간에 일어나서, 같은 시간에 등교하고, 같은 시간에 하교하고, 학원에 가고, 밤늦게 집에 돌아와서 숙제하고…… 학교와 집뿐이잖아. 공부 스트레스도 많고, 먹어도 먹어도 배고프고, 잠을 잤는데도 졸리고 말이야. 나도 예전엔 왜 그렇게 수업 시간에 잠이 쏟아지고 졸렸는지 모르겠어. 그런데 신기하게도 대학에 들어가서부터는 수업 시간에 졸리지 않더라고. '도대체 왜일까? 무엇이 달라진 걸까?' 생각을 해 보니, 대학 때는 집에서 충분히 잤던 것 같아. 그러니 학교에서 졸리지 않았던 거겠지.

그런데 십 대 때는 공부가 되든 안 되든 일단 책상 앞에 앉아 있었어. 그렇다고 공부를 하는 것도 아닌데 말이지. 왠지 책상에 앉아 있지 않으면 안 될 것 같은 죄책감 때문이었지. 잠도 제대로 못 자면서 책상 앞에서 불필요한 시간을 보냈던 것은 아닌가 싶어. 잘 때는 자고, 수업 시간에 말똥말똥한 정신으로 공부했으면 더 낫지 않았을까? 파일럿이 된 지금 나는 야간 비행이나 장거리 비행을 한 뒤에 알람 없이 일어나는 것을 좋아해. 알람을 맞추지 않고 일어나고 싶을 때까지 실컷 자는 거야. 그렇게 충분히 자고 나면 배가 고파서 잠에서 깨지.

사람들은 저마다 스트레스를 푸는 방법이 있잖아? 어떤 사람은 매운 음식을 먹으면서, 어떤 사람은 운동하며 땀을 흘려서, 또 어떤 사람은 음악을 듣거나 공연을 보면서 풀지. 나만의 스트레스 해소 방법은 무엇인지 생각해 본 적 있어? 나는 걷는 것을 좋아해. 고민이 많고 우울한 생각이 들 때는 그냥 무조건 걸어. 동네 공원을 몇 바퀴 돌기도 하고, 한강 공원을 따라 걷기도 해. 어떤 때는 일부러 편도 3킬로미터 정도 되는 곳에 볼일을 만들어. 그리고 왕복 6킬로미터 거리를 걸어서 갔다가 오는 거야. 그러면 보통 1시간 30분 정도가 걸려. 그렇게 걷다 보면 몸도 가벼워지고 마음도 훨씬 편안해지더라고.

외국에 비행을 갔을 때는 머무는 호텔 안에 있는 피트니스 센터에서 운동하거나, 그 근처 식당까지 걸어갔다 와. 그러면 생각이 정리되고, 속상했던 마음도 조금 누그러들어. 나는 어렸을 때 편식이 무척 심했는데 사회생활을 하면서 조금씩 식성이 좋아졌어. 지금은 파가 들어간 음식 빼고 뭐든 잘 먹어. 그래서 해외에 비행을 가면 다른 나라의 낯선 음식을 먹어 보는 것도 나만의 스트레스 해소법 중 하나야.

2014년도에 〈미생〉이라고 하는 TV 드라마가 방영됐었어. 사실 나는 그 드라마를 본 적은 없는데, 어느 날 명대사를 하나 듣게 되었어. 체력과 관련된 대사였는데, 바로 이런 내용이었어.

"네가 이루고 싶은 게 있다면 체력을 먼저 길러. 네가 종종 후반에 무너지는 이유, 데미지를 입은 뒤에 회복이 더딘 이유, 실수한 뒤 복구가 더딘 이유는 다 체력의 한계 때문이야. 체력이 약하면 편안함을 찾게 되고, 그러면 인내심이 떨어져. 피로감을 견디지 못하면 승부 따위는 상관없는 지경에 이르지. 이기고 싶다면 네 고민을 충분히 견뎌줄 몸을 먼저 만들어. 정신력은 체력의 보호 없이는 구호밖에 안 돼."

공감 백 퍼센트. 수시로 낮과 밤이 바뀌고, 방사능에 노출된 북극 위를 건너고, 정반대 기후의 나라를 오가는 파일럿에게 가장 중요한 것은 다음 비행을 위한 건강한 정신과 신체야. 우리는 모두 인생이라는 긴 장거리 비행 중이야. 긴 항로에서 비구름과 태풍을 만나도 무너지지 않고, 목적지를 향해 계속해서 날아가려면 체력이 강해야 해. 원하지 않는 곳에 불시착하게 되더라도 포기하지 않고 다시 이륙하려면 강한 체력이 있어야 하지.

그 체력은 어떻게 만들 수 있을까? 나는 균형 있는 생활 습관에서부터 시작된다고 생각해. 충분한 휴식, 균형 있는 식사, 적당한 운동 같은 것들 말이야. 그리고 스스로 스트레스를 다스릴 줄도 알아야 하겠지. 불규칙한 일상 속에서도 얼마든지 할 수 있어.

양질의 학업과 안전한 비행을 위해선 건강한 정신과 신체가 우선되어야 해. 파일럿이 제일 먼저 신체검사를 준비하는 것처럼, 학업이나 다른 꿈을 이루기 위해서 먼저 건강과 체력을 잘 챙겼으면 좋겠어.

나의 표준 시간은
몇 시일까?

해외여행을 가 보면 나라마다 시간이 모두 다르잖아? 미국같이 영토가 큰 나라는 같은 나라인데도 시간 차가 무려 네 시간씩이나 나. 뉴욕과 워싱턴이 있는 미국 동부와 로스앤젤레스와 샌프란시스코가 있는 서부의 시간 차가 네 시간이거든. 우리나라는 동서로 길지 않고 남북으로 길게 뻗어 있어서 시간 차가 없지만 말이야.

그런데 중국은 미국만큼 영토가 넓고 동서로 넓게 퍼져 있는데도 모든 지역에서 같은 시간을 사용하고 있다는 거 알아? 원래는 5개의 시간대를 사용했대. 그런데 마오쩌둥 정부가 베이징을 표준 시간으로 정해서 중국의 모든 시간을 하나로 통일해 버렸다고 해. 그러다 보니 같은 시간에 베이징이나 상하이처럼 동쪽에 있는 도시에서는 이미 아침이 한창인데, 청두나 시안처럼 서쪽에 있는 도시는 깜깜한 새벽이야. 이건 한 국가가 모두 같은 시간으로 소통하는 것이 경제적으로 더 유리하다고 판단해서 그런 것 같아.

반도 국가 중 가장 넓은 나라라고 하는 인도는 동서 길이가 3000킬로미터에 가까울 만큼 넓어. 서울에서 부산까지의 직선거리가 대략 320킬로미터인 걸 생각하면 거의 9배가 넘는 거지. 그런데도 인도는 중국처럼 하나의 시간을 쓰고 있어.

그런가 하면 중국과 인도보다 영토가 크고, 지구 육지의 7분의 1을 차지하고 있는 러시아는 11개의 시간대로 나뉘어 있다고 해. 러시아 동쪽 끝에서 서쪽 끝의 시간 차가 열한 시간이나 난다니. 정말 재미있지 않아? 하지만 동쪽 끝에 있는 블라디보스토크에서는 모두가 퇴근하는 시간인데, 서쪽에 있는 모스크바에서는 한창 일할 시간이다 보니 회사 간 소통이나 교류가 쉽지 않을 것 같아. 모두 같은 순간을 살고 있는데, 시간을 어떻게 나눠 쓰고 있는지는 정말 제각각이지?

그래서 파일럿들은 줄루 타임이라는 시간을 사용해. 영국 런던에 있는 그리니치 천문대를 기준으로 하는 세계 표준시에 대해 들어 본 적 있지? 한국은 표준시보다 아홉 시간 앞서 있어서, 우리나라 시간을 표기할 때 GMT+9라고 하잖아? 그 세계 표준시를 항공업계에서는 줄루 타임이라고 불러.

한국에서 정오 12시면 파일럿은 03줄루 타임이라고 말하는 거지. 같은 시간에 다른 나라에 있는 파일럿이 시간을 말할 때도 03줄루 타임이라고 해. 우리보다 한 시간 느린 중국에 있는 파일럿도, 우리보다 한 시간 빠른 시드니에 있는 파일럿도, 전 세계 어디에 있는 파일럿도 비행할 때는 줄루 타임으로 시간을 계산해. 왜 줄루 타임을 사용하냐고? 파일럿은 하늘을 날면서 여러 나라를 이동하기 때문이야. 다른 지역으로 넘어갈 때 어느 나라 시간으로 말하고 기록해야 하는지 기준이 없으면 헷갈리잖아. 그래서 줄루 타임을 표준 시간으로 쓰는 거야. 출발 지점에서 도착 지점까지의 시간을 계산할 때도, 시간을 기록할 때도 줄루 타임을 사용하지.

해가 질 무렵에 인천 국제공항에서 이륙해서 서쪽 방향으로 비행하면 노을이 좀처럼 지질 않아. 노을을 따라가면서 계속 비행하기 때문이지. 그래서 지상에서 노을을 보는 것보다 두 배의 시간 동안 예쁜 노을을 볼 수가 있어. 그런가 하면 반대의 경우도 있어. 새벽에 우리나라보다 서쪽에 있는 나라에서, 말하자면 동남아시아나 중국 같은 나라에서 오다가 동쪽 하늘에서 해가 뜨는 것을 볼 때가 있어. 그 해는 정말 눈 깜짝할 사이에 뜨지. 해가 떠오르는 동쪽 방향으로 날고 있기 때문에 지상에서 해돋이를 보는 것보다 두 배의 속도로 해가 뜨는 셈이야. 우리는 모두 같은 시간 속에 살고 있지만, 각자가 느끼는 시간은 정말 다양하고 제각각인 것 같지 않아? 그건 우리의 인생도 마찬가지라고 생각해.

무언가 새로운 것을 하고 싶거나, 낯선 것에 도전하고 싶을 때 '이미 늦은 게 아닌가?'라고 망설일 수 있어. 하지만 무슨 시간을, 누구의 시간을 기준으로 늦었다고 생각하는지 한 번쯤 의문을 가져 봤으면 좋겠어. 나만의 시간으로 본다면 언제 새로운 시작을 하든 늦었다는 생각이 들지 않을 거야. 내 꿈을 다른 사람의 시간에 맞춰서 보는 게 과연 맞는 걸까? 내 꿈이면 당연히 내 시간에 맞춰서 생각해야 하지 않을까? 남들보다 조금 늦게 시작하고, 조금 늦게 이루는 것은 중요하지 않은 것 같아.

가끔 처음 보는 사람들에게 자기소개를 해야 할 때가 있어. 내가 파일럿이라고 하면 대부분 이렇게 물어 봐.

"어떻게 파일럿이 될 생각을 했어요?"

"여자로서 선택하기 어려운 직업이지 않나요?"

"어릴 때부터 꿈이 파일럿이었나요?"

그리고 그중 누군가 꼭 한 가지 덧붙이는 말이 있지.

"저도 어렸을 때는 파일럿이 되는 게 꿈이었는데……"

나도 파일럿이 되고 싶다는 생각을 어렸을 때부터 한 건 아니야. 비행과 관련 없는 직업들을 옮겨 다니다가 뒤늦게 이 일을 하게 되었지. 뒤늦게 시작한 만큼 다른 사람들보다 늦게 꿈을 이루었어. 공부에 필요한 돈을 모으느라 더 오래 걸렸지. 하지만 꿈을 얼마나 빨리 이루는가는 중요하지 않다고 생각해. 조금 느리게 이루더라도 상관없어. 나 자신이 즐거워하는 일을 할 수 있다면 말이지.

에티오피아는 우리가 사용하는 그레고리력과 다른 달력을 쓴다고 해. 에티오피아의 달력은 1년이 365일이라는 점은 그레고리력과 같지만, 한 달이 모두 30일로 되어 있대. 그러면 360일을 제외한 나머지 5일은 13월이 되는 거야. 그리고 에티오피아의 달력으로 새해는 1월 1일이 아니라 9월 11일이래. 더 신기한 것은 에티오피아의 달력은 우리가 사용하는 그레고리력보다 7년 8개월이나 느리다는 거야. 우리가 살고 있는 2023년이 그들에게는 2015년인 거지. 해마다 음력으로 설을 세는 우리나라 문화를 서양에서 보면 이런 느낌이지 않을까? 우리야 이미 음력으로 설을 세는 문화에 익숙해서 이상하게 느껴지지 않지만 말이야.

이처럼 달력도 시간도 나라마다 달라. 그래서 해외여행을 가면 시차를 계산하고, 현지 시간을 고려해서 전화를 걸지. 나라마다 시간이 다르듯이 우리에게도 저마다의 시간이 있어. 모두가 똑같은 시간에 시작하고, 똑같은 속도로 가야 할 필요가 없다는 거지.

서쪽 방향으로 지는 노을을 따라가며 비행할 때, 나는 가끔 그런 상상을 해. 하루가 저물어 가면 오늘 새로운 것을 시작하기에는 늦었다고 보통 생각하지만, 방향을 돌려 동쪽으로 가면 두 배의 속도로 내일의 해가 새롭게 뜰 거라고 말이야. 오늘 이미 놓쳐 버렸다고 생각한 태양이 내일 내가 만나는 바로 그 태양이야. 결국 내가 생각하는 나의 시간이 중요하다고 생각해. 내가 시작하는 시간이 나의 해가 뜨는 시간, 나의 새해가 시작되는 시간, 내 도전이 시작되는 시간이라고 생각해. 늦었다는 생각이 들면 고개를 들어 하늘을 봐. 동쪽 하늘을 바라봐. 내 생각의 방향만 바꿔도 두 배로 빠른 태양이 떠오를 거야.

우리에게는
숨 고르기가 필요해

어떤 사람들은 가위에 눌린다고 하는데, 나는 한 번도 겪어 본 적이 없어. 그래서 그게 무슨 느낌인지 모르겠어. 가위에 눌리는 이유는 몸과 마음이 지쳐 있거나 스트레스 때문에 피곤한 상태여서인 것 같아. 기분이 별로 좋지 않은 무서운 꿈인 건 분명해. 가위눌리는 꿈은 아니지만 나도 자주 꾸는 무서운 꿈이 있어. 그건 바로 비행기가 추락하는 꿈이야. 파일럿인 나에게 비행기가 추락하는 꿈만큼 무서운 게 어디 있겠어? 그 꿈에서 나는 기장일 때도 있고, 부기장일 때도 있어. 내 역할이 뭐든 나는 꿈속에서 비행기를 추락시키지 않으려고 사력을 다하며 진땀

을 흘려. 터질 듯이 쿵쾅거리는 심장에 놀라서 깨곤 하지. 그래도 다행인 건 항상 비행기가 추락하기 직전에 꿈에서 깬다는 거야. 꿈에서 깬 뒤에 '아, 꿈이어서 다행이야' 하고 안도의 한숨을 쉬지. 그리고 '그 비행기는 추락하지 않았을 거야'라고 스스로 위로하면서 놀란 가슴을 쓸어내려.

비행기가 추락하는 꿈은 내가 비행이 많고 심신이 피곤할 때 주로 꿨어. 코로나로 비행을 못 하게 된 뒤로는 신기하게도 그런 꿈을 더 이상 꾸지 않았어. 처음에 코로나로 비행 스케줄이 줄줄이 취소돼서 비행을 못 하게 되었을 때는 그런 상황이 오래갈 줄 몰랐어. 언론에서는 백신을 개발하기까지 시간이 오래 걸리기 때문에 사태가 무척 심각하며, 회복하기까지 오래 걸릴 거라고 했어. 그때만 해도 나는 길어야 1년 정도면 회복이 되지 않을까 생각했어. 그런데 비행기를 공항에 세워 놓는 것만으로도 하루에 2~3억이 날라 간다는 항공사 특성상 우리 회사는 오래 버티지 못했어. 결국 항공기 리스사에 비행기를 돌려주고, 구조 조정을 해야 했어. 비행기가 줄어든 만큼 운항과 관련된 직원들이 정리되었어. 나를 포함해서 말이지.

비행 스케줄이 많아서 피곤할 땐 비행기가 추락하는 꿈으로 힘들더니, 비행을 못 하게 되니 그것대로 몸과 마음이 많이 힘들더라고. 처음에는 비행을 못 하게 됐다는 게 실감이 나지 않았어. 몇 달간은 이러다가 정말 실업자가 되는 게 아닌가 무척 불안했어. 반년쯤 뒤에 결국 회사는 구조 조정을 감행했지. 나도 구조 조정 대상자가 되어서 실직했어. 반년 동안 고용보험공단에서 실업 급여를 받았어.

그러면서 구직 활동을 했는데, 코로나로 모든 항공사가 어려움을 겪고 있어서 파일럿으로 다시 취직하기는 하늘의 별 따기였어. 채용된 파일럿들도 모두 순환 근무를 하거나 휴직 상태였기 때문에 한국 내 어느 항공사에서도 채용이 없었어. 한국뿐만 아니라 전 세계 항공사가 마찬가지였어. 대부분의 회사가 희망퇴직을 시키고, 최대한 지출을 줄이고 있었기 때문에 외국 항공사에서 근무하는 한국 파일럿들도 직장을 잃고 한국으로 귀국해야 하는 실정이었어. 전 세계 어디에서도 일할 수 있다고 생각했던 직업이었는데, 어디에서도 일할 수 없는 직업이 되고 말았어.

파일럿이 아니면 이제 무슨 일을 할 수 있을까? 나는 항공과 관련 없는 직종을 이것저것 찾아보기 시작했어. 파일럿은 다른 직종 어디에서도 필요로 하지 않았어. 비행기 조종은 아무나 할 수 없는 전문적인 일이지만, 다른 데서는 필요 없는 경력이더라고. 경력직으로 들어갈 수 있는 직업군이 없다 보니 급여가 성에 차지 않았어. 현실을 직시하면서 조금씩 우울해졌어.

그런데 우울해하고 있다고 바뀌는 건 없었어. 그래서 차라리 마음을 고쳐먹기로 했어. '그래, 넘어진 김에 쉬어 간다라는 말이 있잖아!' 생각해 보니 대학 졸업 뒤로 유학을 하고 취업을 반복하느라 제대로 쉬어 본 적이 없더라고. 직장을 옮길 때도 늘 다음 회사를 정해 놓고 퇴사했거든. 심지어 안 쓰고 모아 둔 휴가로 출근 일수를 대체해 가며 다른 직장으로 이직했지. 그래서 이직을 하면서도 제대로 쉬어 보지 못했어. '넘어진 김에 진짜로 쉬어 가 볼까?' 하는 생각이 들었어. 불안해하지 말고, 우울해하지 말고, 이 귀한 시간을 그동안 열심히 앞만 보고 달려온 나에게 신이 준 값진 휴식이라고 생각하기로 했어. 한결 마음이 안정되고 편해지더라고. 놀기로 작정했으니 이제 원 없이 실컷 놀아야겠다고 다짐했어. 나중에 다시 바빠져서 쉬고 싶어졌을 때 '시간이 많았던 그때 왜 맘껏 놀지 못했나?' 하는 후회가 생기지 않도록 말이야.

내가 다니던 회사는 다른 곳에 팔리기 전까지 반년간 밀린 급여도 주지 못했어. 구조 조정을 했지만 퇴직금도 줄 수가 없었지. 나는 얼마 동안 은행에서 대출받은 돈으로 생활비를 충당했어. 다행히 회사가 다른 기업에 인수되면서 밀린 급여와 퇴직금을 받게 되었어. 그래서 또다시 얼마간 버틸 수 있는 자금이 생겼지. 휴식 기간은 너무 즐거웠어. 그동안 웬만한 건 다 해 봤다고 생각했는데도, 처음 해 보는 것들이 많았어.

그중 하나가 등산이었는데, 서울 근교에 있는 산이란 산은 거의 다 갔어. '다음엔 어떤 산을 갈까? 어떤 루트로 올라서 어디로 내려올까? 등산로까지는 뭘 타고 가는 게 좋을까? 언제 갈까? 누구와 갈까?' 매일 계획을 짜는 게 즐거웠어. 지방에 있는 산들도 하나씩 도전했지.

등산을 자주 다니다 보니 걷기는 식은 죽 먹기였어. 하루에 두 시간 걷는 건 '껌'이었지. 나처럼 백수가 되고 수입이 없는 사람에게 이런 공짜로 즐길 수 있는 건강한 놀이가 있다는 게 너무 감사했어. 땅에 있어 보니 그동안 하늘에 오래 있느라 느끼지 못했던 것들이 보이더라. 너무 높은 곳으로만 다녀서 낮은 곳에 있는 즐거움을 몰랐던 것 같아. 내가 비행을 못 하게 되었다고 의기소침해져 있을까 봐 연락을 못 했다는 사람들이 가끔 있어. 내가 이렇게 밝고 행복하게 잘 지내고 있는 줄도 모르고 말이야. 모든 것은 결국 생각하기 나름인 것 같아.

1년이면 끝날 줄 알았던 코로나는 여전히 회복되지 않았어. 하지만 항공사들도 포스트 코로나를 준비하면서 채용 공고를 내고 있더라고. 부지런히 입사 지원서를 쓰면서 다시 가슴이 설레고 심장이 뛰었어. 필요한 서류를 준비하러 여기저기 분주하게 다녔어. 조종사 신체검사도 받으러 가고, 대학 졸업 증명서도 발급받고, 유효기간이 지난 자격증은 없는지 확인했어. 서류 심사를 통과하면 학과 시험이 기다리고 있기 때문에 그동안 쉬었던 비행 공부도 다시 시작해야 했지. 공부할 책들을 찾아서 책상 위에 올려놓았어. 조종실로 완전히 돌아간 게 아니라 아직은 불안하고 경제적으로 힘들지만, 이 괴로움이 영원히 지속되는 건 아니라고 믿어.

이제 비행기가 추락하는 악몽을 다시 꾸더라도 그렇게 무섭진 않을 것 같아. 그만큼 비행하고 싶은 마음이 간절하기 때문이야. 예고 없이 갑자기 주어진 긴 휴가가 당황스러웠지만, 그동안 몰랐던 즐거움을 알게 돼서 감사하게 생각해. 앞만 보고 달려온 내 인생을 한 템포 쉬어 갈 수 있었으니까. 비행을 할 수 있다는 게 얼마나 소중한지도 알게 되었고 말이야.

혹시 날지 못해서 불안한 날을 보내고 있다고 느껴진다면, 이렇게 생각해 봐. 우리는 지금 다시 날기 위해서 숨 고르기를 하는 중이라고 말이야. 누구에게나 쉬어 가는 시간이 필요해. 쉬면서 자신을 정비하고, 다시 날기 위한 에너지를 채우는 거지. 비행기도 쉬지 않고 계속 난다면 과열로 모든 게 망가져 버릴 지도 몰라. 엔진에 화재가 발생하고, 브레이크가 고장 나고, 바퀴가 터져 버릴 수도 있어. 더 오래, 더 멀리 가려면 쉬면서 정비도 하고, 기름칠도 해 주고, 연료도 공급해 줘야겠지. 우리는 더 힘찬 이륙을 위해서, 더 높고 멀리 날기 위해서 꼭 필요한 휴식을 하고 있는 거야.

어느 날 유튜브를 보는데 어느 심리학자가 그러더라고. '너무 긴 휴식은 오히려 행복감을 저하시킨다'라고. 숨 고르기도 중요하지만 그렇다고 비행기를 너무 오래 세워두면 녹이 생길지도 몰라. 나는 이제 엔진에 시동 걸 준비를 하려고 해.

"자, 이제 다시 시작이야!"

다시 태어나도 파일럿

가끔 이런 질문을 받을 때가 있어.

"파일럿 일을 하면서 행복한가요? 다시 태어나도 파일럿을 하고 싶은가요?"

파일럿이 되기 위해서, 파일럿이 된 뒤에도 노력해야 하는 많은 것들을 생각해 보면…… 글쎄, 나는 다시 태어나도 과연 파일럿을 하고 싶을까?

파일럿이라고 하면 사람들은 대부분 "멋진 직업이네요!"라고 칭찬해. 파일럿이라는 직업에는 좋은 점이 많지. 평판도 좋고, 급여도 비교적 좋은 편이야. 파일럿이 되는 과정이 쉽지 않겠다고 생각하는 사람이 많은데, 사실 파일럿이라는 자리를 유지하는 게 더 힘들어. 파일럿은 끊임없이 시험을 보고 합격해야 자격을 유지할 수 있거든.

파일럿이 되기 위한 시험은 모두 영어로 되어 있어서 기본적으로 영어로 읽고 말하는 능력이 필요해. 국제 민간 항공 기구에서 조종사와 항공 교통관제사 간의 소통 능력 부족으로 발생할 수 있는 사고를 예방하려고 만든 언어능력 시험이 있어. 항공영어 구술능력 증명(EPTA: English Proficiency Test for Aviation)이라고 불리는 이 시험은 한국 교통안전공단에서 주관해. EPTA 시험은 1급에서 6급까지 있는데, 6급이 가장 높은 레벨이고 1급이 가장 낮은 레벨이야. 조종사가 국제선 비행기를 조종하려면 최소 4급 이상이어야 해.

이 시험은 조종과 관련된 전문적인 영어 시험이기 때문에 영어를 모국어로 사용하는 사람이라고 6급을 통과하는 것은 아니야. 4급을 받고 국제선 비행을 하는 사람이 더 많지. 하지만 4급이나 5급은 몇 년에 한 번씩 재시험을 봐야 하는 번거로움이 있어. 4급은 3년에 한 번, 5급은 6년에 한 번 재시험을 봐야 해. 6급은 한 번 받으면 재시험을 보지 않아도 되지만, 5급을 딴 사람만 6급 시험에 응시할 수 있어. 사람들이 EPTA 시험을 볼 때 긴장하는 이유는 영어로 직접 인터뷰를 하기 때문이야. 상황을 제시하고 의견을 묻는 식으로 인터뷰를 하거든. 영어로 조리 있게 잘 말하면서도 상황을 어떻게 대처할 것인지 동시에 고민해야 하다 보니 EPTA 시험을 두려워하는 파일럿이 꽤 많아.

여객기 조종사가 되려면 운송용 면장이라는 조종사 면허증과 기종 한정 자격증이 필요해. 운송용 면장은 항공법으로 최소 두 명 이상의 조종사가 운항하도록 규정된 비행기를 조종할 수 있는 면허증이야. 우리가 타는 여객기는 보통 기장과 부기장 두 명의 조종사가 운항해. 운송용 면장이 필요한 비행기이기 때문이야. 해외에서 작은 섬으로 들어갈 때 타는 작은 여객기에는 조종사가 한 명만 있기도 해. 그런 경우엔 운송용 면장이 필요 없어. 상업용 면허증만으로도 비행할 수 있지. 그리고 기종 한정 자격은 에어버스 320, 330, 350이나 보잉 737, 787, 777

등 각기 다른 기종들 중 어느 비행기에 전문화되어 있는가 하는 자격증인 셈이야.

의사 면허증이나 변호사 면허증은 한 번 취득하면 일하는 동안 몇 달간의 공백기가 있더라도 유효하잖아? 하지만 조종사 자격증은 조금 달라. 한 번 조종사 면허를 취득했다고 해서 언제나 유효한 것이 아니야. EPTA 시험을 반복해서 다시 봐야 하듯이, 파일럿 면허증을 유효하게 하려면 계속 실제로 비행을 해야 해. 그리고 정기적으로 6개월에 한 번씩 시뮬레이터로 시험을 봐서 합격해야 해. 평상시에는 비행기에 심각한 고장이 자주 발생하지 않기 때문에 시뮬레이터로 온갖 상황을 설정해 놓고, 문제가 발생했을 때 어떤 순서로 어떻게 대처할 건지 연습하는 거야. 통과하지 못하면 재교육을 받고 다시 시험을 봐야 하는데, 만약 재시험에서도 통과하지 못하면 강제로 퇴사해야 하는 경우도 있어. 그래서 파일럿으로서는 굉장히 부담스럽고 긴장되는 시험일 수밖에 없지. 그래서 정기 시뮬레이터 시험이 끝나고 나면 우스갯소리로 "아, 이제 다시 6개월 조종사 생명 연장했다!"라고 말할 정도야.

파일럿들은 종종 농담으로 "이렇게 시험이 계속 있는 줄 알았으면 조종사 안 했을 텐데"라고 말하기도 해. 인생은 끝없는 배움의 연속이라고 했던가? 파일럿과 딱 어울리는 말이야.

파일럿은 비행 중 문제가 발생했을 때 오래 생각하고 고민할 시간이 별로 없어. 대부분 순간순간 기지를 발휘해서 빠르게 결정해야 하거든. 그러다 보니 짧은 순간에 현명한 결정을 내려야 해. 만약 그 결정이 잘못됐거나 최선이 아니었을 때 기장이 책임져야 하는 무게가 상당하지. 혹시 〈설리: 허드슨강의 기적〉이라는 영화를 본 적 있어? 이 영화는 2009년 1월에 실제로 있던 비행기 사고를 바탕으로 만들어진 영화야. 에어버스 320이라는 여객기에는 승객 150명과 조종사 2명, 객실 승무원 3명을 포함해 모두 155명이 타고 있었어.

그런데 이 비행기가 뉴욕 라과디아 공항에서 이륙하자마자 새떼가 엔진으로 빨려 들어가면서 양쪽 엔진이 꺼지는 최악의 상황이 발생했어. 우리가 시뮬레이터로 훈련하는 매뉴얼 대로라면 공항으로 다시 회항해야 했지만, 기장은 회항하기에는 시간이 부족하다고 판단했어. 그래서 뉴욕 한가운데에 있는 허드슨강에 착륙하기로 한 거야. 결과적으로 기장의 선택은 성공적이었고, 155명 전원이 무사히 구조되었어.

기장은 사람들에게는 영웅으로 칭송되었지만, 미국 연방 교통안전 위원회가 사고 경위를 조사하면서 피를 말리는 추궁이 시작돼. '회항하지 않고 강으로 비상 착수한 게 과연 최선이었는가?' 조사하는 거지. 비행 전에 잠은 몇 시간이나 잤는지, 충분한 휴식을 취했는지, 약을 먹거나 술을 마시진 않았는지, 가족 간의 다툼이나 불화 등 스트레스를 받는 일은 없었는지, 왜 공항으로 회항하는 대신 강으로 비상 착수를 했는지 집요하게 추궁하지.

2009년 사고가 발생했을 당시 나는 중국 상하이에서 그 비행기와 같은 기종의 비행기를 몰고 있었어. 그때까지만 해도 비행기가 물 위에 비상 착수해서 생존한 경우는 한 번도 없었다고 해. 이론상으로는 모든 엔진 추력을 잃고 다른 방법이 없을 때 비상 착수하도록 시뮬레이터

훈련을 받지만, 실제 상황에서는 한 번도 성공한 적이 없다는 거야.

미국 연방 교통안전 위원회는 처음엔 '기장의 선택은 최선이 아니었다. 공항으로 회항했어도 안전하게 착륙할 수 있었다'라고 주장했지만, 추가 시뮬레이션 실험에서 '회항했다면 성공적으로 착륙할 수 없었다'라는 결론이 나면서 그 사고는 기장의 선택이 최선이었다고 마무리가 되었어. 파일럿으로서 내린 결정은 아무리 결과가 좋더라도 조사가 끝날 때까지 위원회로부터 시달려. 문제가 크든 작든 말이지. 그러다 보니 짧은 순간 동안 머릿속은 온갖 시뮬레이션으로 복잡하지. 기장으로서 결정을 내릴 때 '안 되면 말고'라고 쉽게 생각해서는 안 되기 때문에 굉장히 신중해질 수밖에 없거든.

"조종실에 앉아서 하늘을 나는 건 어떤 기분이에요?" 라는 질문을 받을 때가 종종 있어. "넓은 시야만큼 가슴이 뻥 뚫리고, 넓은 하늘만큼 마음이 여유로워지고, 순수하고 평온한 기분이다." 하는 식의 긍정적이고 기분 좋은 대답을 기대한다는 걸 알아. 하지만 실제로는 좁은 조종실

만큼 마음이 작아지고, 조종실 안에 있는 많은 스위치만큼 머릿속이 복잡할 때가 더 많지.

파일럿이 되겠다고 처음 결심했을 때는 과정이 얼마나 힘들지 몰랐어. 기장이 되기까지 그렇게 많은 인내의 시간이 필요하다는 걸 몰랐어. 몰랐기 때문에 용감했던 것 같아. 의욕이 넘쳐서 파일럿이 될 수만 있다면 무엇이든 할 수 있다고 생각했어. 아무리 힘들더라도 얼마든지 견딜 수 있다고 생각했어. 막연한 미래는 우리를 불안하게 하지만, 우리를 용감하고 가슴 설레게 만들기도 해. 우리는 당장 내일의 삶도 알 수 없어. 미래를 미리 알고 사는 사람은 없어. 모르기 때문에 용감하게 도전하고, 최선을 다하는 것이겠지.

"다시 태어나도 파일럿을 하고 싶나요?"라는 질문에 내 대답은 "Affirmative"야. 나는 파일럿이라는 직업의 가장 큰 매력은 이륙하면 무조건 착륙을 해야 하는 거라고 생각해. 무슨 일이든 시작하면 결론을 지어야 한다는 거지. 그리고 결론을 짓고 나면 늘 성취감이 따라오지. 이륙은 나에게 새로운 도전이고, 착륙은 나에게 항상 새로운 성취감을 줘. '파일럿은 더 이상 돈을 벌지 않아도 된다고 해도 조종간을 놓지 못 한다'라는 말이 있어. 그만큼 도전과 성취에서 오는 중독성이 센 직업이라는 거겠지? 일단 시작하면 끝날 때까지 최선을 다해 보는 거야. 어떤 일이든 결과가 나올 때까지는 노력과 인내가 필요해. 얼마나 대단한 도전이었느냐보다는 시작을 하고 끝까지 완수했다는 사실이 중요하지. 작은 일이라도 끝까지 완수한다는 것은 그 사람이 얼마나 성실하고, 끈기 있고, 책임감 있는지를 말해 주는 것이기 때문에 아주 큰 의미가 있거든. 이륙하면 착륙은 필수, 착륙하면 또 다른 이륙을 위해 열심히 준비하는 거야.

이륙을 준비 중인 너에게

비행기는 이륙할 때 최대치의 힘이 필요하지만 순항 고도에 올라가면 적당히 힘 조절을 해. 그래야 엔진에 무리를 주지 않고 멀리 갈 수 있어. 비행 고도가 높으면 공기의 저항이 작아져서 더 빨리 갈 수 있을 것 같지만, 무조건 높이 올라가는 게 꼭 좋은 것만은 아니야. 높이 올라갈수록 엔진의 추력도 함께 떨어지거든. 순항 고도를 선택할 때는 되도록 맞바람이 적고, 순풍이 부는 고도를 찾지만 내가 선택한 고도를 늘 관제로부터 허락받을 수 있는 것도 아니야. 많은 비행기가 함께 날고 있기 때문에 서로 양보하고 조율해 가면서 비행해야 하거든. 비행하다 보면 악기상도 만나고, 기체 결함도 생기고, 예상치 못한 비상 상황이 발생할 수도 있어. 내 마음같이 안 되는 것도 있고, 계획한 곳에 착륙하기 어려울 수도 있어.

우리 인생은 마치 이런 장거리 비행 같아. 힘들고 어려운 일이 많겠지만, 비구름을 헤치고 꿈을 향해 힘차게 날아 보는 거야. 가까운 목적지부터 하나씩 도전해 보는 거야. 매번 "나이스 랜딩"을 외칠 수는 없겠지만, 이륙과 착륙을 거듭하며 우리는 어느새 베테랑 파일럿이 되어 있을 거야.

'십 대를 위한 자존감 수업'이라는 시리즈의 하나로 이 책을 쓰게 되었어. 그런데 글을 쓰면서 나도 자존감 회복에 많은 도움을 받았어.

갑자기 비행을 못 하게 되었을 때, 나는 암담하고 당황스러워서 방황하기도 했어. 하늘이 아닌 땅에 있다는 게 답답하고 조바심도 났어. 얼마 전까지만 해도 '이보다 더 내려갈 바닥이 있을까?'라는 생각에 자존감은 더 이상 내려갈 곳조차 없었지. 그런데 이 책을 쓰며 목표가 생겼고,

목표를 위해 고민한다는 것이 얼마나 행복한 일인지 알게 되었어. 모두 지금 이 글을 읽어 주고 있는 네 덕분이야. 앞으로 네 앞에 펼쳐질 아름답고 흥미진진한 길을 응원할게. 그리고 인생의 멋진 기장으로서 다시 만날 날을 기다릴게.

우리는 모두 장거리 비행 중이야!

초판 1쇄 인쇄일 2022년 12월 30일
초판 1쇄 발행일 2023년 1월 6일

지은이 조은정
펴낸이 정은영
편집 조현진 박진홍
마케팅 유정래 한정우 전강산
제작 홍동근

펴낸곳 (주)자음과모음
출판등록 2001년 11월 28일 제2001-000259호
주소 10881 경기도 파주시 회동길 325-20
전화 편집부 02) 324-2347 경영지원부 02) 325-6047
팩스 편집부 02) 324-2348 경영지원부 02) 2648-1311
E-mail jamoteen@jamobook.com

ISBN 978-89-544-4869-7(43810)

잘못된 책은 교환해 드립니다.

이 도서의 국립중앙도서관 출판시도서목록(CIP)은 서지정보유통지원시스템 홈페이지(http://seoji.nl.go.kr)와 국가자료공동목록시스템(http://www.nl.go.kr/kolisnet)에서 이용하실 수 있습니다.(CIP제어번호: CIP2020017872)